U0144575

片假名

子音 ＼ 母音	a 片假	練習	i 片假	練習	u 片假	練習	e 片假	練習	o 片假	練習
-	ア		イ		ウ		エ		オ	
k	カ		キ		ク		ケ		コ	
s	サ		シ		ス		セ		ソ	
t	タ		チ		ツ		テ		ト	
n	ナ		ニ		ヌ		ネ		ノ	
h	ハ		ヒ		フ		ヘ		ホ	
m	マ		ミ		ム		メ		モ	
y	ヤ				ユ				ヨ	
r	ラ		リ		ル		レ		ロ	
w	ワ								ヲ	
鼻音	ン									

子音＼母音	a 平假	a 練習	i 平假	i 練習	u 平假	u 練習	e 平假	e 練習	o 平假	o 練習
－	あ		い		う		え		お	
k	か		き		く		け		こ	
s	さ		し		す		せ		そ	
t	た		ち		つ		て		と	
n	な		に		ぬ		ね		の	
h	は		ひ		ふ		へ		ほ	
m	ま		み		む		め		も	
y	や				ゆ				よ	
r	ら		り		る		れ		ろ	
w	わ								を	
鼻音	ん									

學習日文
必逛資訊網站
完整特搜

賴浩敏 推薦

基礎篇

快速讀懂日文資訊
科技、專利、新聞
與時尚資訊

Business

Fashion

汪昆立 著

本書特色

1. 收錄各種適合初學者之日文學習網站，點滑鼠即可輕鬆學日文。

2. 循序漸進，讓你輕鬆突破學習日文四大難關。

3. 助詞用法、動詞變化到長句解析，全部化整為零，難不倒你。

五南圖書出版公司 印行

提供教學PPT索取

推 薦 序

活學活用，是學習語文最好的方法

隨著地球村時代的來臨，各行各業無不朝向國際化方向發展，出國留學、跨海工作，都不再是遙不可及的事。從而，通曉外國語文的能力毋寧已是現代人必須具備的基本條件。在此基礎之上，再配合各自的專業能力，方足以在個別領域中經由努力、競爭，嶄露頭角、成功立業。因此，外國語文的重要性，不言可喻；如何找到一個又快又好的學習方法，達到事半功倍的成效，相信是初學者仰頸期盼的事情了。

個人的專業領域為法律，早年曾經為留學日本而研習日文，其後從事法律相關工作，迄今已逾四十年；就此段學習日文的過程記憶猶新，亦略具心得。在擔任執業律師期間與日系企業往來頻仍，深識日本是當前世界上主要經濟大國，日本與台灣的政經關係互動密切，國內的各個領域均亟需兼具熟悉日文之專業人才參與，以資應對。因此，長久以來，無論以日本獎學金留學生會會長、執業律師抑或公職首長身分，在應邀對有心赴日本留學、工作的各界人士講演時，一向採取積極肯定的態度，除了勉勵繼續加強自選領域的專業知識外，也一再強調務必選擇正確有效的語文學習方法，培養興趣，奠定堅實良好的基礎。

汪昆立博士具備優異的理工專長，嗣獲得日本交流協會獎學金赴東京工業大學留學，兼具理工與日語雙方面的專長，是不可多得的國際化學術人才。欣悉汪博士利用教學、研究繁忙之餘，念茲在茲以從事專利法律、科技研發，以及時尚資訊工作卻未盡熟諳日文者為念，編寫本書，以期作為快速讀懂日文資訊的入門教材，嘉惠相關領域之實務工作者，誠屬難能可貴。

本書內容異於坊間日文研習書刊者，在於不僅只介紹學習日文的基本知識，而著重教導如何利用電腦及網站進行日文的學習，同時提供各種可以加強日文的免費學習網站、各方領域的相關日文資訊查詢網站、以及可引發讀

者學習日文興趣的趣味網站等，編輯方式令人耳目一新，且內容豐富多樣，應可收易學易懂之效，相信對日文的初學、自學者有一定的幫助，可說是一本設計新穎的日文工具書。值得一提的是，正由於汪博士不是專職的日文教師，所以本書特別避開艱深繁雜的日文文法，而是希望透過各種輔助網頁為學習工具，教導讀者熟稔日文的常見語法及句型，讓讀者得以輕鬆閱讀日文文章，以活學活用的方式，作為學習的重點。其立意無非如同給予讀者一支魚竿，並且教導如何選擇適合自己的誘餌，使讀者能在浩瀚的網路海洋中釣起想要的日文知識大魚。

　　大作問世，承邀作序推薦，欣然為之。

司法院長　賴　浩　敏

序　言

　　鄰近日本的科技技術並不亞於歐美國家，甚至在某些方面更是超越歐美，對於理工的研究者或學生而言，獲取日本的相關資訊確實是一種獲得最新科技發展技術與知識的最佳途徑，然而台灣教育體制的外國語學習仍以學習英文為主，因此要學習理工的研究者或學生重新學習一種語言實在是一種折磨，而且對理工的研究者需要花更多的時間在研究上，理工的學生課業也相當重，因此很難花太多的時間在學習日文上。

　　日文的科技文章中有絕大多是我們熟悉的漢字，因此對有中文基礎的台灣或中國的研究者及學生而言，我認為應該可以在短時間內學會看懂日文科技文章，筆者自從留學東京工業大學畢業，於加拿大卡爾頓大學從事博士後研究後歸國進入教職，有感於科技日文對研究發展的重要性，一直希望能有機會教導學生及理工研究者在短時間內看懂科技日文（並非聽說寫），然而市面上的日文書籍多為學習日文會話及日文基礎的參考書，雖有少數專對理工人才而寫的科技日文書籍，但內容都是針對於已有日文基礎的人而寫，且內容多是加入專有名詞的文章解說，很難找到一本教導無日文基礎的理工人才在短時間內看懂科技日文的參考書，本人認為科技日文不同於一般的生活日文，並不僅在於專有名詞，各行各業都專有名詞，不應該是也不會是學習科技日文的重點，就如同沒學過經濟學的人，即使是中文內容也不一定看得懂經濟學的專業用語。

　　另外產業的發展也需要靠專利的保護，然而在專利工程師這個行業中，具有理工背景又懂得日文的人才實在不夠需求，因此對理工科人才而言具有讀懂科技日文能力，無疑是就業的一大利器，因此筆者利用空暇之餘，基於個人的學習經驗，並匯整學習科技日文所需的相關知識，儘量以理工人才最熟悉的圖表表達，希望讓學習者能在短時間內學會看懂自己專業領域的

科技日文，因此在本書中的文法可能不是很正統的日文文法，也正因為本人不是日文正統科系畢業，更能夠了解非正統日文科系的讀者在學習上易碰到的困難，本書的撰寫以一般非日文專業的人士為主要對象，尤其對吸取日本資訊有興趣卻又看不懂繁雜的日文文法書的讀者，希望本書的撰寫有助於學習者在短時間內學會如何看懂科技資訊日文。

此外，一般對日文無基礎又對日本流行時尚有興趣的讀者，通常都是看圖片加上文中的漢字去了解內容，通常也都能了解其大致內容，但若想詳細了解流行時尚雜誌中的文字說明，則須具備有一定程度的了解；另外台灣民眾中有很多人對日本產品情有獨鍾，雖然現在的產品操作說明書中都附有各種語言的解說，但對於在日本購買的產品而言則可能沒有中文或英文說明，甚至有人可能想在網路上得到第一手的日本產品相關資訊，但因無法看懂日文而放棄，因此本書的目的也希望能讓這些對日文資訊有興趣的讀者在短時間內讀懂自己想獲得的第一手資訊，但要特別說明的是學語言必須要具備「聽、說、讀、寫」四大技能，本書僅能提供「讀」及部分「寫」的技能，對於「聽」與「說」的技能則無法提供學習，若想精進日語的「聽」與「說」的技能，建議讀者多多接觸有關會話學習的書籍以及多聽多說，網路上也有很多練習聽力的網站，對於「說」讀者只能儘量找機會練習。

個人認為，對學習日文的初學者而言，五十音、助詞、活用、及尊敬自謙語等為學習日文的四大難關，而對想讀懂資訊科技日文的學習者而言，長句表達方式則是相當重要的一部分，相對的尊敬自謙語則較少在科技日文中出現，因此，本書彙集了學習科技日文所需的基本日文的相關基礎知識，針對學習科技日文的初學者，從五十音、日文的電腦輸入與查詢、助詞的基本用法、動詞的基本變化、長句的解析，到科技日文中常見的語法與用法，作有系統的整理，並儘量使用理科人才最常使用的表格方式表現，本書去除與科技日文較不相關的日文學習，減輕學習者的壓力，因此有別於一般的日

文教科書或參考書，且不同於仿間著重於科技專有名詞使用說明的科技日文書籍，讀者如能循序、確實地了解每一章節內容，不僅是被動地閱讀吸收，甚至可主動地活用於科技日文的閱讀上，必能在短時間內看懂科技日文的內容，然小弟並非日文專家，有些章節更是為了便宜行事，讓讀者在最短的最快的時間內學會日文相關文法，用最簡便的方式說明，而非正統的日文教育文法，所以在本書的內容撰寫中或許有些疏漏或錯誤之處，請各位先進專家能不吝指正。

汪昆立

2011年夏
於台北科技大學

本書的使用方法建議

　　本書的目的在於讓日文初學者在沒有任何日文基礎下，短時間內了解日文並有能力自學日文，因此在日文漢字編排上都會有日文標音，希望讀者能擁有學習日文的技巧及工具，以便日後的深入學習，最後則提供讀者一些有關日本的小常識，針對使用本書的自學讀者及教學者的使用建議如下。

　　針對自學的讀者，由於認識的日文單字不多，建議讀者按照順序反覆閱讀各章節，增加一次閱讀就會增加一次對日文的瞭解，第一章主要在於學會五十音（可利用第三章介紹的網站練習），對於內文所舉的日文例句內容不需完全了解，在讀完本書學習到各種技巧後，再試圖去了解例句內容，第二章及第三章在於學習日文的輸入與日文網站的學習，學者可以活用其中介紹的各種網站和技巧，第四章在於助詞的說明，例句中有許多的日文單字並且有些例句中也會出現其他助詞，因此本章節更需讀者在學完本書後，再回頭反覆地閱讀更有助於了解助詞的使用，第五章及第六章的活用是相當重要的章節，讀者必須多加練習，更可以在每次學習到新的單詞後就自行進行各種活用練習，第七章是作者認為常出現於文章中的句型，第八章的長句技巧可以幫助讀者讀懂長句文章，讀者可以找尋自己喜歡的日文資訊進行長句練習，第九章則為針對有意願繼續學習口語日文的讀者所準備，讓讀者對口語常出現的敬體與資訊日文常出現的文體進行比較和了解，在每章節後都有一些練習，讀者在練習後可以了解自己學習的成果，並進行學習上的改進與加強；各章間彼此有關聯性，所以建議讀者在讀完第一次了解大致方向與內容後，再進行第二次的研讀。

　　針對使用本書的教學者，可以利用本書介紹的網頁進行內容的教學，建議使用有網路功能的電腦教室進行線上網頁的使用教學，可以讓日文教學在配合電腦工具下更加豐富、生動，也可教導學生如何自行尋得想要的日文資

訊及自學方法，建議教師在開學後幾週就讓學生找尋自己喜歡的日文資料，然後讓每位學生按照學習內容作練習，在整個課程結束後，學生就能學會如何看懂資訊科技日文資料，另外本書的教學投影片及相關網頁也可從網路（五南文化事業機構：http://www.wunan.com.tw/）上洽詢取得，將相關網頁匯入我的最愛即可進行即時線上教學。

汪昆立

2011年夏
於台北科技大學

目　錄

基礎的五十音

第一節　讀完本書後能讀那些資訊

　　小說中的透明人所用的透明衣已經開發出了，你知道嗎？利用電腦螢幕的滑鼠可以控制實體的動作了，你知道嗎？這已經是舊聞了，而不是新聞，日本慶應大學的稻見昌彥教授早在2006年已經發表此研究成果，想知道內容是什麼嗎？你可上網查詢看到動畫，你想知道它的原理是什麼嗎？若您不懂日語，很抱歉請您找找看有沒有相關的中文或英文的研究內容，如果您懂日文，請您讀該網站內容，若看不懂內容，請您在讀完本書學會基本日文知識和技巧後再回來讀讀看。

再帰性反射材が塗られたマント部分が「透けて見える」光学迷彩。実は背景を撮影したビデオカメラによる映像が、プロジェクターによってマントに塗られた再帰性反射材に投影される仕組み。だから、マント部分に背景の映像が映されているのだ。もちろん、リアルタイムの映像を「透かせ」られる。技術的な応用としては、例えば自動車をバックさせるとき、道路や塀、電柱などの障害物はそのままに、車の後部部分のみを「透けて」見せる。視界がはっきりして後進の安全性を高めることができる。また、医療用途として骨を残して、あるいは臓器を残して「透かせる」技術も考えている。内視鏡手術などで、真価を発揮できる可能性がある。

日本稲見昌彦教授發明的透明衣

http://rikunabi-next.yahoo.co.jp/tech/docs/ct_s03600.jsp?p=000878

クマのぬいぐるみは「RobotPHONE」。2匹はネットワークで接続されており、一方の反応を、一方が同じ反応として受け取る。電話でのコミュニケーションに、手の感覚が伝えられる仕組みといえば、わかりやすいか。未来の電話の一形態「ロボ電話」に関する研究だ。また、ネットワークをコンピュータと接続すれば、コンピュータの中で、クマ同士を遊ばせることも可能。実際、デモでは2匹のクマがコンピュータのディスプレイ内でエアホッケーゲームに興じている様子が。このとき、クマの動作を操作するコントローラーになるのは、キーボードでもリモコンでもない。クマのぬいぐるみそのもの。つまり、右手を動かせば、コンピュータ上でも右手が動く。ゲームのまったく新しいインタフェースの概念だ。

日本稻見昌彥教授發明的影像遙控

http://rikunabi-next.yahoo.co.jp/tech/docs/ct_s03600.jsp?p=000878

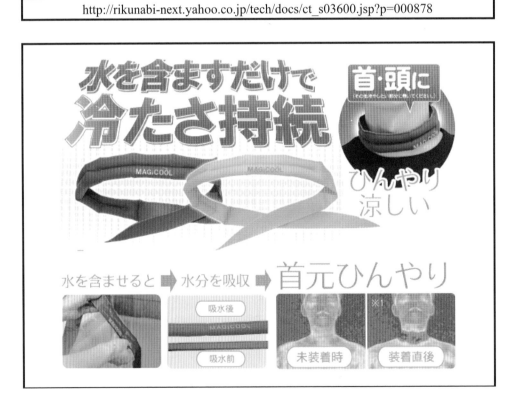

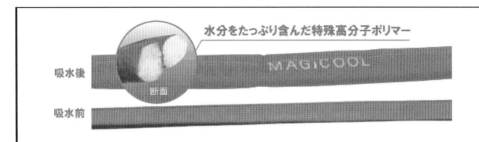

水を含ませるだけで冷感持続。環境・エコに配慮したマジクール。
冷感スカーフマジクールは、水を含ますだけで冷感が持続するスカーフ。頭や首に巻けば、心地良い冷感が続きます。ただ水を含ませるだけなので、いつどこでも冷感を復活させることができて、何度も繰り返し使用できるのでとても経済的。アウトドアに、レジャーに、スポーツに欠かせないクールダウングッズ。テニス、ジョギング、ウォーキング、散歩、登山、ハイキング、キャンプ、スポーツ観戦、様々なシーンで効果的に清涼感を提供します。

日本大作商事夏天熱賣商品之一「超冷圍巾」

各位讀者一定常在電視節目或新聞中看到很多日本的創意小物，有些發明會覺得相當有趣也很有創意，雖然有一些無厘頭的創意發明，讓人看了不覺莞爾，有時會想去日本的時候購買或請朋友幫忙購買日本的創意小物，而這些訊息如何獲得？

	気化熱とは、液体が蒸発する際に周囲から吸収する熱のことです。注射を打つ時に、アルコールを含ませた綿で、腕を拭くと冷たく感じます。それはアルコールが、気体に変わる際に腕の熱を吸収するからです。この時の熱のことを、気化熱と言います。暑い夏の日
	に、庭や道路に水をまくと涼しくなるのも気化熱のおかげ。水が地面や空気の熱を奪って蒸発しているからです。クイッククールはその気化熱を利用したクーリンググッズです。ファンによる風でミストの気化を促進して、素早く（クイックに！）心地よいクール感を提供します。
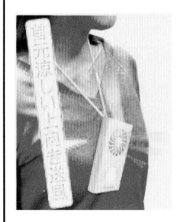	わずか160g（電池3本を含む）の首から下げる携帯用扇風機「マイファンモバイル」が新登場！ シロッコファン構造を採用することで上向きの風を送り、胸元から首にかけて涼しい風が届きます。エアコンの設定温度を28℃にした室内やオフィスで、マイファンモバイルを首にかければ自分の顔回りだけが涼しくなるまさに「自分専用扇風機」。どこにでも携帯できる電池式で、屋外や車内でも使用できます。 折りたたみスタンドを使用すれば、テーブルやデスクに置いて涼しむことも可能です。 「マイファンモバイル」は首にかけても、テーブルに置いても使用できる、2WAYの携帯用扇風機です。
各種日本創意商品及解說	

有些人會想了解日本的最新流行是什麼，有的人很喜歡跟隨流行，對日本的流行事物非常愛不釋手，而看日本的流行雜誌卻只能看圖片及其中的漢字去猜測其意思，但對平假名或片假名則跳過不看，對其中的意思並不是完全了解；有的人很喜歡玩日本的電腦遊戲，也會去蒐集相關的破解秘笈，對其中的內容一知半解下，藉由實際的操作去了解遊戲的秘笈，然而若能自己讀懂這些日文訊息，就可以省去很多的時間，有的人因為想了解其內容而去學日文，有了想學習的動機就比較容易學會該語言；有些理工研究人才在查詢研究文獻時偶爾會碰到日文文獻，但相信很多人都放棄不去看，因而失去很多新的知識，日本是一個科技大國，所以有很多的科技發明與發現都從日本開始出現，近年來日本常有諾貝爾獎得主，可見日本的科技技術已受到

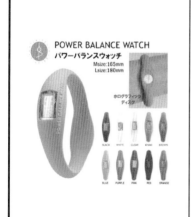

パワーバランスウォッチシリコンリスト腕時計がついに誕生！待望のパワーバランス最新作！なんとシリコンバンドウォッチ！愛用者の多くの声によって誕生した、話題のアイテムを限定入荷！バランス＋時計＋オシャレの一石三鳥な嬉しいアイテムです♪わずか13g軽量のシリコンバンド採用！つけていることを忘れそうな快適な装着感！スポーツ時はもちろん日常生活でもまったく邪魔になりません。パワーバランスの実力を体感してみてください。ご家族、友人へのちょっとしたプレゼントやギフトにもオススメです。【サイズ】Mサイズ腕周り：約16.5cmLサイズ腕周り：約18cm【素材】シリコン【仕様】クォーツ、生活防水

各種日本創意商品及解說

國際重視，作為科學技術研究者的理工人才，當然不能放棄從日本獲得第一手資訊的機會；學習語言是需要有動機的，相信很多人對日本事物是有興趣的，但一碰到要重新學習日文就動搖了，主要就是沒有合適的工具書帶領其進入日文的世界，有了學習動機後，就必須要有適當的學習工具，然而從頭開始學需要花費很多的時間，如何在短時間內學會日文？我必須承認，學習語言沒有捷徑，靠得無非是經驗和時間的累積，但是只要有符合學習目標的合適書籍，並從有興趣的部分去學習，可以讓興趣來支撐學習的痛苦，就能讓學習更輕鬆、更無負擔；學習語言最佳的方式是聽、說、讀、寫同時學習，但學者常常在聽不懂、不敢講的情形下而放棄學習，兒童學習語言都是從聽說開始，那是因為他每天處在那樣的環境，然而對外國人來說，沒有那

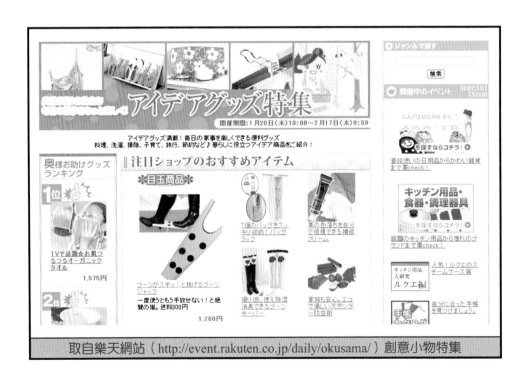

取自樂天網站（http://event.rakuten.co.jp/daily/okusama/）創意小物特集

樣的環境，要從聽、說開始學習是相當難的，若能建立學習的基礎，對日文具有一般的概念以後，利用電視廣播等工具加入聽與說的學習，也是一種學習語言的方式，因此本書的目的在讓對日文有學習動機的讀者，能夠在短時間內，在使用電腦工具的輔助下可以看懂資訊日文，減輕學習負擔，當閱讀的量夠了，自然而然查詢單字的時間也會減少，日文能力也可以同時增加，之後讀者再利用各種媒體與環境去加強其整體日文能力，相信日文一定能有所進展。

　　所以在您繼續讀本書以前先想想您的學習動機是什麼，是想了解怎樣的資訊或獲得怎樣的資訊，然後再依本書籍的內容慢慢地學習，相信學習完本書後，在電腦工具的輔助下一定可以看懂資訊的日文，如果您的目的是在於練習聽與說的能力，本書對您的助益並不大，如果讀者的目的在於讀懂各種日文資訊，恭喜您，本書將會是您學習的重要工具書，本書的內容將也有助於達成您的學習目的，請您有恆心的讀下去。

　　很多人剛開始在學習新的語言時都是非常有興趣的，覺得學會以後就可獲取相當多的知識，但往往學到中途就放棄了，在日語補習班常常可以看到初級班很多興致勃勃的學生，但慢慢地往越高級學習的學生人數就越來越少，當然主要的原因是覺得越學越吃力，最後就放棄了日文，對初學日文的讀者而言，個人認為有四大難關，第一關「五十音」、第二關「助詞」、第三關「活用」、第四關「敬語」，雖然敬語在日本的日常生活中，是非常重要的一個表達藝術，然而在資訊日文中敬語出現的機率微乎其微，只需簡單的敬語知識即足以應付，但在資訊日文中與生活用語最大的不同應該是在於「長句」的使用，往往一篇科技專利中，僅由一句「長句」組成一段文章的

情形也不在少數，因此，在讀懂資訊日文的學習中，第四難關並不是「敬語」而是「長句」，因此本書將教各位如何度過讀懂科技日文的四大難關，本章就第一難關「五十音」作簡單的介紹，希望讀者能克服萬難度過第一關。

　　資訊日文可能出現於科技新聞、學術論文、一般新聞、時尚雜誌文章、專利等，以下是有關從日文吸取新知的短篇文章，請各位讀者感受自己對文章內容了解的程度為何？待讀完本書後，再回頭看看您是否完全讀懂這些內容了，讀懂這些新知的內容就是本書的目的，因此讓我們來看看這些新聞或科技新知的內容書寫，與一般的會話內容及傳統學習日文的書籍有哪些不同，看不懂內容請讀者不要太過氣餒，僅需注意這些內容出現那些文字即可，等閱讀完本書後再回顧仔細了解其內容。

　　以下為2010年12月16日讀賣新聞的網路版科技新聞內容。

http://escapee.jp/wp/archives/5806

NASA火星探査機3340日…長寿記録更新
2001年4月に打ち上げられた米航空宇宙局（NASA）の火星探査機「マーズ・オデッセイ」が15日、火星の周回軌道上で3340日目の観測に入り、「マーズ・グローバル・サーベイヤー」（1997～2006年）が持っていた火星の長期観測記録を更新した。NASAのジェット推進研究所（JPL）が同日、発表した。
2年間の観測予定を7年以上も上回る長寿。日本の金星探査機「あかつき」が周回軌道投入さえできなかったのと対照的だ。
マーズ・オデッセイは、有名なSF映画「2001年宇宙の旅（2001スペース・オデッセイ）」にちなんで名付けられた。火星上空から地表の元素の分布割合などを調査した。搭載機器類は正常で、12年の新たな火星探査計画でも活用される見通しだ。
（2010年12月16日18時47分　読売新聞）

以下為2006年5月18日讀賣新聞之科技新知內文。

http://ledmania.blog59.fc2.com/blog-entry-25.html

LEDの光の最短波長は210nm

　世界で最も波長の短い光を出す発光ダイオード（LED）を、NTT物性科学基礎研究所（神奈川県厚木市）が開発した。5年後の実用化を目指しており、DVDの大容量化や有害物質の分解などに応用が期待される。18日付の英科学誌ネイチャーに発表する。

　LEDの最短波長はこれまで、窒化ガリウムを使ったもので365ナノ・メートル（ナノは10億分の1）だったが、同研究所の谷保芳孝研究員らは窒化アルミニウムの結晶を使い、波長210ナノ・メートルの光を出せるLEDの開発に成功した。

　ぎりぎり目に見える紫色の光は波長が400ナノ・メートル程度。今回はその半分で、紫外線の中でも波長が短い遠紫外光と呼ばれる。

　DVDなどの情報記憶装置は、読み書きに使う光の波長が短いほど記憶できる情報量が増え、大容量化に役立つ。

　また、光は波長が短いほどエネルギーが高いため、ダイオキシンやPCBなどの分解のほか、ナノテクノロジーにも使える。

（2006年5月18日　読売新聞）

快速讀懂日文資訊（基礎篇）──科技、專利、新聞與時尚資訊

以下爲科技書籍（やさしくわかる半導体：日本実業出版社；菊地正典著）中的一部分內文。

情報を記憶する働きを持ったメモリICにも、様々な種類があります。通常、電源が入っている時だけ記憶し、電源が切れると記憶内容が失われる発揮性メモリと、電源を切っても記憶し続ける不揮発性メモリに大別されます。
発揮性メモリはRAMと呼ばれ、いつでも新しい情報の書込み、書換え、読出しが可能です。RAMの中でもDRAMは電源が入っていても時間とともに記憶情報が自然に失われるので、一定の時間間隔で記憶内容の保持（リフレッシュ）が必要です。このためDRAMは「記憶保持動作が必要な随時書込み読出しメモリ」と呼ばれます。

以下爲科技書籍（電子部品のしくみ：日本実業出版社；稲見辰夫、稲見昌彦著）中的一部分內文。

人間が聴くことができる周波数の範囲は20Hz-20kHzであり、20kHzを超える音波は超音波と呼ばれる。この超音波を検知するのが、超音波センサーである。従来はコンデンサマイクロホンや磁気ひずみ振動子を用いたものが主流だったが、最近ではセラミック圧電素子を利用した超音波センサーがよく使われている。

以下爲基礎教科書（高分子化学I合成：丸善（株）：中條善樹著）的
一部分內文。

官能基をもつ高分子は、その官能基の特性により、様々な機能を示す
ことがある。たとえば、ヒドロキシル基などを有する高分子は、親水
性が増したり、分子間の水素結合を形成したり、さらには活性水素と
して他の試薬と反応したりすることができる。このような官能基が導
入できれば、高分子としての特性、たとえば、水溶性や接着性、結晶
性などを変えることができ、また、この結果として高分子膜や高分子
触媒などとしての利用が可能になってくる。そのような意味でも、官
能基を積極的に高分子に導入することは非常に重要であることがわか
る。

　　以下爲科學書籍（液晶ポリマーの開発：CMC：小出直之著）的一部
分內文。

サーモトロピック液晶ポリマーの押出成形によって得られる成形品と
しては、繊維、モノフィラメント、フィルム、シート、棒、パイプな
どが考えられるが、液晶ポリマーのもつ一方向への大きな配向性によ
って割裂しやすい製品しか得られない点が実用化の際の問題点であ
る。このため現在押出成形によって得られている製品としては、ベク
トラン、エコノールなどの繊維が挙げられるにとどまる。

*ベクトラン為クラレ（Kuraray）公司的商品名Vectran®。
*エコノール為八十島（Yasojima）公司的全芳香族聚酯商品名，同住友
化學的スミカスーパー（SUMIKA SUPER）。

以下為日文專利（特開平10-251260）的一部分文章。

【発明の実施の形態】本発明について詳細に説明すると、本発明方法の出発原料である一般式（1）のフタロニトリル化合物において、R1-R4は基本的には水素元素であるが、フタロニトリル化合物からの対応するフタロシアニン化合物の合成において周知のように、水素元素以外のものであっても反応は良好に進行する。一般式（1）においてR1-R4が水素でない場合には、ハロゲン原子、ニトロ基またはR-Amで示される有機基である。R-Amで示される有機基は基本的にはアルキル基、シクロアルキル基、アルケニル基、アリール基などの炭化水素基か、又はこれらの炭化水素基の末端に酸素原子若しくは硫黄原子が結合した有機基、例えばアルコキシ基、アルキルチオ基などを示す。そして、これらの炭化水素基には更に置換基が結合していてもよい。

以下為日本高分子協會出版的「高分子」雜誌2010年10月號的一部分文章。

今年日本でも発売されたiPad（Apple社）のように液晶を搭載した電子書籍に比べ、電子ペーパーを用いた電子書籍は軽量でかつ省電力のためバッテリーの残量をほとんど気にする必要がない（例：Kindleでは一回の充電で最大2週間の駆動）。また、バックライトを用いない目に優しい反射型のディスプレーであるため長時間の読書に向いている。一方で、現在の（マイクロカプセル型の）電子ペーパーがカラー化に対応しにくい点を欠点して挙げて、電子ペーパーの将来を危惧する声もある。そのため現在、電子ペーパーのカラー化が重要な開発テーマになっている。

以下爲日本毎日新聞的網路版國內新聞（2010年12月27日）。

〈大雪〉東北日本海側、中国、四国など広い地域で　広島では積雪50センチ超
気象庁によると、冬型の気圧配置や強い寒気を伴った気圧の谷の影響などで東北地方の日本海側や中国地方、四国地方で大雪のおそれがある。気象庁は、積雪による交通障害やなだれなどへの注意を呼びかけている。
　東北地方の日本海側では、27日昼前にかけて雪が断続的に降り続き大雪となる。27日正午までに予想される24時間の降雪量は、いずれも多い所で、日本海側＝山沿い80センチ、平地60センチ。
　中国地方では、山陽北部で27日昼前にかけて、山陰西部では昼過ぎにかけて、山陰東部では夕方にかけて大雪となるおそれがある。27日午前6時現在の積雪の深さは、広島県庄原市高野＝55センチ▽広島県北広島町八幡＝55センチ▽鳥取県大山町大山＝45センチ▽島根県飯南町赤名＝38センチ。また27日午前6時から28日6時までの降雪量は、多い所で、山陰山地＝20センチ▽山陽北部山地＝15センチ▽山陽南部山地＝10センチ。
　四国地方では、西部の山間部を中心に雪が降っており、西部の山沿いを中心に27日昼前にかけて大雪となるおそれがある。27日午前6時現在の各地の積雪の深さは、愛媛県久万高原町久万＝47センチ▽高知県津野町津野山＝4センチ▽徳島県三好市西祖谷＝2センチ。27日午前6時から28日午前6時までの降雪量は多い所で、山間部＝5センチ▽平野部＝2センチ。【毎日jp編集部】

　　從以上文章中可以了解科技日文文章大多由漢字及平假名、片假名及頓號、句號所組成，而且漢字佔了絕大部分，比例甚至比假名的文字多，因此在學習閱讀日文的科技文章上，懂漢字的華人似乎在學習上占有很大的優勢，日文的音節形式是單純的，同音異義的字很多，因此，日文中利用表意

文字之漢字的表記方法將無法捨棄，由於中國文化的影響，日文中來自中文的借用很多，中文單字佔全部字彙的60%以上，故日本相當重視漢字，甚至有漢字檢定機構，以上的文章我想讀者也許大致可以知道其所要報導的內容，但可能對詳細內容並不完全了解，若是讀日本新聞，可能由標題的漢字就足以了解該新聞所要報導的內容，但若是讀科技文章或專利，則必須要仔細了解其內容才有助於科學研究與知識的吸收。從上面的例文中可以發現幾個科技日文文章或專利的特徵，一是長句常出現於科技日文文章中，如例文中粗體所示之部分，幾乎整段文章僅由一句句子所構成，另一特徵則是片假名的外來語（或專有名詞）較一般文學作品或生活會話多，文中以下底線標出外來語，套色體標出長句。

下文取自於ブックマン社出版小島裕治所著「足でつかむ夢-手のない僕が教師になるまで」一書的前言。

両手が突然使えなくなったら、あなたはどうしますか？
こんなことを考える人はいないと思います。
僕だってそうでした。想像できますか？手が使えない生活を。
朝、起きてから、夜、眠りにつくまでの、一日の生活を振り返ってみてください。どんなことに手を使いますか？
眠い目をこすり、鳴り響く目覚まし時計を止める。着替える。<u>トイレ</u>に行く。
ごはんを食べるのに箸を使ったり、お椀を持ったり。<u>トースト</u>の人は、パンを手に持って、<u>バター</u>や<u>ジャム</u>を<u>ナイフ</u>で塗り、口に運ぶでしょう。顔を洗って、歯を磨いて、髪の毛を<u>セット</u>して、一人暮らしなら電化製品の<u>スイッチ</u>を切って、玄関で靴紐を結んで、さあ出発！その手には何を持っていますか？学生や会社員なら<u>カバン</u>。雨が降りそうなら傘も持ちますね。

同一本書的一部分內文如下。

五体満足の人なら、「料理人になる。スポーツ選手になる。歌手になる。プログラマーになる」と、将来の選択肢はあれこれ尽きないのだろう。夢を見ることは無限大だ。だから、どこにも障害がないのに、「やりたことがわからない」と言っている十代の子を見ると、どうして？と不思議に思ってしまう。
やろうと思えば、君にはなんにでも挑戦できるんだよ、もったいない考えはするな！と、つい言いたくなってしまう。
だって、「両手が使えない」僕には、将来の夢や憧れのほとんどが、ぱっと浮かんでは「手がないから無理！」と消えていってしまう。どんな夢も崩れてしまう。いつもそうだった。

由上面的例文中可以發現，文學的作品中的有使用ます型（即一般初學者最先學習的禮貌形），也有使用普通型，依文章讀者爲主要說明對象時使用ます型，但爲避免文章過於冗長，內文則多使用普通型，但並非絕對，一般學習者若能讀懂科技文章，讀懂一般日本文學作品應該也不成問題，畢竟ます型也只是日文動詞活用的一種類型（請參閱第五章）。

第二節 日文50音

在日文中除了漢字外，還有平假名及片假名，其中漢字包含日文中才會出現的日本自創而獨有的漢字（和字）和中文漢字，幸而和字僅佔漢字的少數，而常見中文漢字中大多爲繁體字，也有少數的簡體字，此等的漢字意思除少數的字彙與中文的漢字意思不同（甚至有時具有完全相反的意義）外，

大部分的漢字與中文的意思相差不大，中日文意思不同的漢字例如日文的「勉強」的意思在中文中是「用功」的意思，日文的「我慢」的意思在中文中是「忍耐」的意思，因此對使用繁體字中文為母語的華人而言，學習日文比其他國家的人更容易讀懂日文。

　　日文中的漢字讀音可分為「音讀」和「訓讀」，同一個漢字會有不同的讀音，大致可視為中文的破音字，只是在日文中這是很普遍的情形，而不是像中文破音字只有少數幾個文字，所幸這種讀音的困擾對瞭解科技日文內容並不會造成太大的困擾，只要在電腦與網路的輔助下，很容易就可以得知漢字的讀音（請參閱第二章），但對欲學會日文會話的人就相對的重要了，「音讀」的讀音與中文古文（部分類似閩南語）的讀音類似，原則上兩個漢字以上連在一起成一成語或熟語時，多用此種讀法，而「訓讀」的讀音與中文的讀音則完全不同，通常在一個漢字單獨使用時多用此種讀法，而且有時不是只有一個音讀音和一個訓讀音，有時可能一個漢字有好幾個音讀與訓讀音，而以上說明的讀法原則只在一般情況下適用，例外的例子很多，我想這是華人學習日文比較困難的地方，但即使不懂讀音對資訊日文的內容也不至於有所阻礙，此對懂中文漢字意義的學生來說並不會有太大的問題，若欲加強自己漢字讀音能力的讀者可參閱有關漢字讀音的書籍，及本書介紹的各種技巧和工具，不過只要多翻字典多看文章，漢字讀音能力一定可以大幅增進；當然日文中也有一些漢字是中文中沒有的日文漢字（和字），甚至漢字相同但意思完全不同的語詞，所幸此類漢字在科技日文中較少出現。

　　除了漢字外日文中還有平假名及片假名，其中片假名主要用於外來語的使用，有時為了特別強調某些語詞時也會用片假名，而科技日文中使用

了大量的片假名（外來語），而且都是以音譯為主，因歷史的時代背景，幕府時代的鎖國政策時代的外來語言大多來自於當時的海權強國，而在明治維新後，受日本西化的影響，有越來越多的各國語言成為日文中的外來語，所用的外來語未必是英語，早期有較多的葡萄牙語（例如：香菸タバコ：tabaco）、荷蘭語（例如：幫浦ポンプ：pomp）、德語（例如：打工アルバイト：arbeit；疫苗：ワクチン：vaccine）、法語（例如：分野ジャンル：genre）等外來語，但在第二次世界大戰後，英語成為較為強勢的國際語言，例如不在場證明：アリバイ：alibi、學界：アカデミー：academy、引擎：エンジン：engine、相機：カメラ：camera，很多科技的專有名詞都由英文直接音譯而來，但由於日本人字母的母音只有5個，因此很難完全發出英文或拉丁語等外國語言的所有音，所以很多外來語音譯成日文後與原先語言的發音有很大的差別，有些外來語則只要能將片假名讀出就可猜測出其原文（英文）的意思，不過由於現在網路相當發達，這些外來語都可以很快的查得並了解其涵義了，因此閱讀科技日文一定也要熟讀片假名，由於台灣具有日本統治的歷史背景，很多當時的外來商品都是藉由外來語音譯而來，閩南語也一直使用至今，例如引擎：エンジン：engine、相機：カメラ：camera、收音機：ラジオ：radio、窗簾：カーテン：curtain、三輪拉車：リアカー：rear car等；此外，五十音除了清音外還包含濁音和半濁音，但並非所有的音都有濁音和半濁音，僅有少數幾個音具有濁音和半濁音，還有在片假名中以「ー」代表長音。因此學日文必須先學會日文的五十音（實際使用的只有46個音），平假、片假共接近100個字母，數目比中文的37個注音符號還多，所以光學五十音就已經讓初學者很頭痛了，這也是初學者很容易放

棄學習的第一難關，不過這是學日文的必經之路，讀者只要利用瑣碎的空閒時間練習，假以時日一定可以克服此一難關，日文的平假名及片假名及其發音如表1所示，衍生的濁音如表2所示，而衍生的拗音則列於表3，拗音是由子音和小寫的母音「ゃ、ゅ、ょ」所形成的，此類的拼音類似注音符號的拼音，如「ㄨ」和「ㅊ」拼音而成「ㄨㅊ」，此類的拼音方式可增加日文的發音數量，使日本人讀外文時可以更趨近原文的發音，因此此類的日文愈來愈多，且不限於小寫的母音「ゃ、ゅ、ょ」，如「ヴィーナス（Venus；維納斯）」「ウェブ（web；網路）」等，因此只要了解衍生拗音的拼音方法，就可以很快了解並記得表3中的衍生拗音了。

　　五十音的表格中母音分別屬於あ（/a/）、い（/i/）、う（/u/）、え（/e/）、お（/o/）的五個縱行，而在同一縱行內的音稱爲段，所以五十音共分爲五段（あ段、い段、う段、え段、お段），這個分法在動詞的活用上扮演相當重要的角色，所以必須了解，所有的動詞的原形（辭書型）最後一個字（語尾）都是う段音。

　　以上對日文的文字作一簡單的介紹，最後還是需要讀者花費時間將五十音熟記，必須練習到一看到文字就可以反射性的念出該字母，至於漢字的音訓讀可以慢慢加強，此一部分對讀懂資訊日文並不會有太大的影響，希望能更上一層樓，將自己的口語日文加強的讀者就必須在閱讀中慢慢記下各個漢字的讀法，日積月累的學習成果一定可以顯現在最後的學習成果中，在五十音的表格中，五十音可由羅馬拼音拼出，而此羅馬拼音則使用於電腦的日文輸入中，所以請讀者順便了解讀音與羅馬字間的相關性，在學會第一關五十音後，讓我們來繼續學習日文的輸入與日文意義的搜尋。

日文的查詢可以利用日中辭典依照50音的順序查得，但由於現在電腦、網路已經非常發達，從網路上即可簡單的查詢到所要的單字，甚至也已經有日文字典軟體可以簡單查詢日文，利用電腦科技可以讓日文的學習更有效率，下一章節將介紹如何使用電腦來輸入日文和查詢日文。

🖳 表1　基本的平假名與片假名（清音）

子音＼母音	a		i		u		e		o	
	平假	片假	平假	片假	平假	片假	平假	片假	平假	片假
-	あ	ア	い	イ	う	ウ	え	エ	お	オ
k	か	カ	き	キ	く	ク	け	ケ	こ	コ
s	さ	サ	し	シ	す	ス	せ	セ	そ	ソ
t	た	タ	ち	チ	つ	ツ	て	テ	と	ト
n	な	ナ	に	ニ	ぬ	ヌ	ね	ネ	の	ノ
h	は	ハ	ひ	ヒ	ふ	フ	へ	ヘ	ほ	ホ
m	ま	マ	み	ミ	む	ム	め	メ	も	モ
y	や	ヤ			ゆ	ユ			よ	ヨ
r	ら	ラ	り	リ	る	ル	れ	レ	ろ	ロ
w	わ	ワ							を	ヲ
鼻音	ん	ン								

🖳 表2　衍生之濁音

半濁音										
p	ぱ	パ	ぴ	ピ	ぷ	プ	ぺ	ペ	ぽ	ポ
濁音										
g	が	ガ	ぎ	ギ	ぐ	グ	げ	ゲ	ご	ゴ
z	ざ	ザ	じ	ジ	ず	ズ	ぜ	ゼ	ぞ	ゾ
d	だ	ダ	ぢ	ヂ	づ	ヅ	で	デ	ど	ド
b	ば	バ	び	ビ	ぶ	ブ	べ	ベ	ぼ	ボ

快速讀懂日文資訊（基礎篇）──科技、專利、新聞與時尚資訊

🖳 表3　衍生之拗音

清拗音			
ky	きゃ　キャ	きゅ　キュ	きょ　キョ
sh	しゃ　シャ	しゅ　シュ	しょ　ショ
ch	ちゃ　チャ	ちゅ　チュ	ちょ　チョ
ny	にゃ　ニャ	にゅ　ニュ	にょ　ニョ
hy	ひゃ　ヒャ	ひゅ　ヒュ	ひょ　ヒョ
ry	りゃ　リャ	りゅ　リュ	りょ　リョ
濁拗音			
gy	ぎゃ　ギャ	ぎゅ　ギュ	ぎょ　ギョ
j	じゃ　ジャ	じゅ　ジュ	じょ　ジョ
by	びゃ　ビャ	びゅ　ビュ	びょ　ビョ
半濁拗音			
py	ぴゃ　ピャ	ぴゅ　ピュ	ぴょ　ピョ

　　本章最後為了讓讀者瞭解本書的內容說明，對品詞的分類進行簡單說明，品詞就是各種單語所屬的特性，簡單說就是單語的詞性，一般分為十大品詞，有名詞、動詞、形容詞、形容動詞、副詞、連體詞、接續詞，感動詞，助動詞，助詞等，其中動詞、形容詞、形容動詞又合稱為用言，而名詞（含代名詞、形式名詞）和數詞又合稱為體言。品詞中各自具有意思而能獨立使用的日文稱為自立語，僅能附屬於自立語使用者稱為附屬語，日文單語中語形（語尾部分）的變化稱為活用，能活用的單語稱為活用語，不能活用者稱為無活用語，單語的品詞分類語說明如表4。

📖 表4 單語的品詞分類語說明

單語	品詞		說明
自立語	用言	動詞	有活用，可做述語。
		形容詞	
		形容動詞	
	體言	名詞	沒有活用，可做主語。
		代名詞	
		形式名詞	
		數詞	
	副詞		不能做主語，用來修飾用言。
	連體詞		不能做主語，用來修飾體言。
	接續詞		不能做主語，當修飾語和述語。
	感動詞		
附屬語	助動詞		有活用。
	助詞		沒有活用。

✍ 練習

1. 請自行找尋一篇有興趣的日文科技文章，看看自己對文章的了解程度，讀完本書後，再讀一次本篇文章，看看自己對文章的內容了解程度進步了多少。

2. 請上日文網站自行找尋一篇有興趣的日文資訊，看看自己對此資訊的了解程度，讀完本書後，再讀一次本篇文章，看看自己對文章的內容了解程度進步了多少。

3. 試試看是否已經能夠讀出本章節出現的日文例句中的平假名與片假名。

4.練習利用日華字典查詢下列日文單語，並留意字典裡提供了哪些訊息。

(a)心痛　　　(b)立場　　　(c)上る　　　(d)野火　　　(e)かじつ

(f)のねずみ　(g)買う　　　(h)書く　　　(i)楽しい　　(j)悔しい

(k)自由　　　(l)閉める　　(m)閉じる　　(n)酸素

5.具有活用的品詞有哪些？

6.請將以下的假名用羅馬音寫出：アスパラ、アルバイト、モーター、テレビ、がいらいご、にほん、だいわん、たのしい、れんしゅう。

日文輸入法與日文查詢

　　有些讀者可能很喜歡聽日語歌曲，但由於日語歌曲中漢字沒有標出拼音，而聽力也沒那麼好，所以只聽旋律而不能跟唱，卡拉OK雖然有字幕，有的也有平假名拼音，是個學習日語歌曲的好方法，但未必卡拉OK有讀者喜歡的日文音樂，網路上很容易取得日文歌曲的歌詞及影片，所以若能學會如何查得漢字的讀音，對學習日文歌曲非常有幫助。

　　人言道「工欲善其事，必先利其器」，因此日文也必須先學會寫日文和查日文，學習語言時，在學會基本的字母後，第一步應該就是學習查字典，學英文時在學完26個字母後，就要會按照26個字母的先後次序找尋字典裡的單字，但對日文來講就比較麻煩了，因為日文有漢字也有基礎的五十音，所以查字典就符合了中文和英文的查字典方式，五十音的方式如同英文利用先後次序查詢，而不懂發音的漢字查詢就必須和中文一樣查筆畫或部首，實在是很麻煩的一件事，所幸由於科技的發達現在已經有很多的電腦產品相關的輔助工具，對查詢不知的日文已經可以用簡單的步驟去查詢了，在此要提供一個簡單的電腦操作方式，及利用網路資源快速查詢日文的讀音和意義。

第一節　日文輸入

　　市面上有很多的日文輸入軟體可以使用，但只要你的電腦配備是WINDOW 2000/XP或以上等級的作業軟體，你就可以自由的讀寫日文了，活用WINDOW電腦作業軟體及網路資源就不必購買多餘的軟體了，首先介紹使用WINDOW 2000/XP的作業軟體，設定日文輸入的方法之操作程序，若讀者對此已經很熟悉了，可以跳過本章節；以下畫面（螢幕的部份畫面）依個人電腦的電腦軟體不同或版本不同以及原先的設定不同而有些許不同，但只要找到相同的按鈕或指令就可以做日文輸入的設定了，請依以下的設定步驟設定日文的輸入，其他各種語言的設定也是相同的方法。

【設定日文輸入】

　　「語言列」按鈕上按右鍵選擇設定值／新增／

　　在輸入語言中選擇日文，勾選鍵盤配置輸入法，並選擇「日文」後按確定即可。

步驟	畫面說明	操作說明
1	CH 最小化(M)　透明度(T)　文字標籤(X)　縱向(V)　✔ 工作列的其餘圖示(A)　設定值(E)...	將滑鼠移到語言列按鈕上按右鍵選擇「設定值」。

2	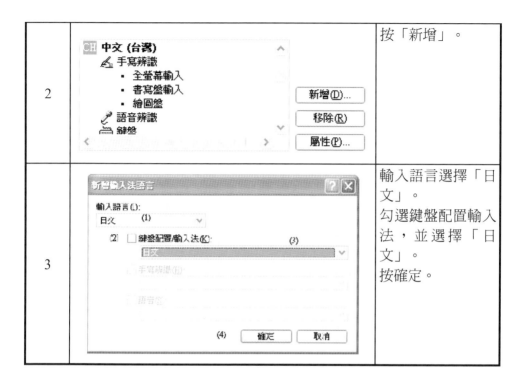	按「新增」。
3		輸入語言選擇「日文」。 勾選鍵盤配置輸入法，並選擇「日文」。 按確定。

　　經過上述步驟後，你的電腦就可以輸入日文了，接下來介紹如何使用日文輸入法。

【使用日文輸入法】

　　接下來以下表說明如何輸入日文

步驟	畫面說明	操作說明
1	CH ✓中文(台灣)　JP 日文	將滑鼠移到語言列的語言選擇鈕「CH」上按左鍵選擇「日文」。

2	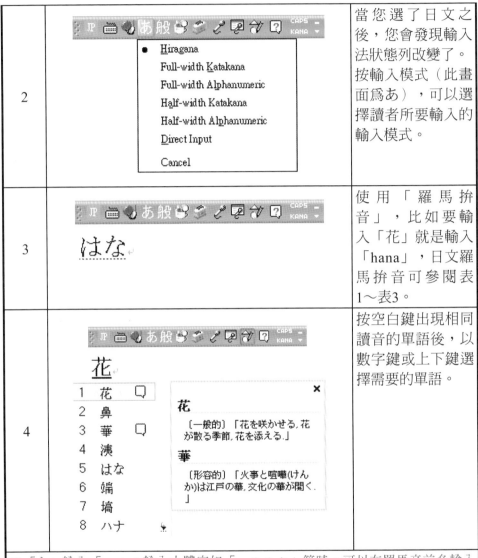	當您選了日文之後，您會發現輸入法狀態列改變了。按輸入模式（此畫面為あ），可以選擇讀者所要輸入的輸入模式。
3		使用「羅馬拚音」，比如要輸入「花」就是輸入「hana」，日文羅馬拚音可參閱表1～表3。
4		按空白鍵出現相同讀音的單語後，以數字鍵或上下鍵選擇需要的單語。

※「ん」輸入「nn」；輸入小體字如「っゅゃょ」等時，可以在羅馬音前多輸入「x」即可，如「っ」則輸入「xtu」，還有其他與後音相關的快速輸入方法，可將促音後的日文子音重複輸入，如「たって」可以輸入「tatte」；「しゅ」可以輸入「shu」或輸入「shixyu」，「しゃ」可以輸入「sha」或輸入「shixya」。

第二節 日文查詢

日語漢字讀法有「漢字讀法辭典」可以查詢,然而在網路發達的今日,利用網路資源可以使學習更輕鬆,當遇到日文漢字不知讀音時,可利用手寫方式輸入(方法如下),再利用日文網站的辭典之功能查詢即可。

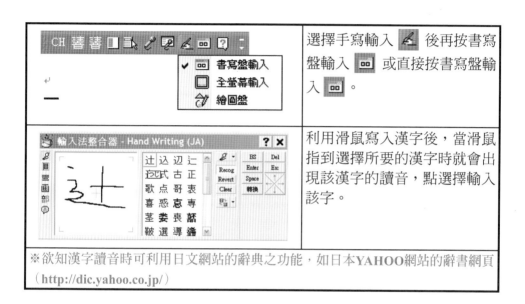

	選擇手寫輸入 後再按書寫盤輸入 或直接按書寫盤輸入 。
	利用滑鼠寫入漢字後,當滑鼠指到選擇所要的漢字時就會出現該漢字的讀音,點選擇輸入該字。

※欲知漢字讀音時可利用日文網站的辭典之功能,如日本**YAHOO**網站的辭書網頁(**http://dic.yahoo.co.jp/**)

日本YAHOO網站的辭書網頁可以查詢該字讀音、英文意思或用日文解釋該字,對初學者還無法了解日文解釋時,可以查得該字的讀音後,再利用字典查詢其中文意思,但中文意思畢竟還是容易誤導,所以建議讀者在具有基礎日文能力後,還是利用日文網頁的日文說明或查詢日日辭典會比較快增進自己的日文能力。該網頁的查詢方式說明如下:查詢日文漢字的讀音有幾個方法,若是中文漢字可以直接於日本雅虎網站輸入漢字即可查得讀音,

步驟一：進入日本雅虎網站（http://www.yahoo.co.jp/）輸入欲查詢漢字後，點選 辞書 按紐。

步驟二：出現相關的語詞及日文說明。

步驟三：點選 和英 及 檢索，出現英文說明。

※當有想知道日文時，可輸入英文後點選 英和 按鈕做查詢。

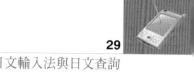
　　如前所述，漢字中有日文中才有的日文和字（如「込、辻」），或有時中文漢字與中文有些許不同（如「德」在日文中寫成「德」，在心上面少一橫），此時則必須使用前面所述之手寫輸入日文，在游標指至該字時即會出現該字的讀音，輸入後即可如上查出其英文意思。漢字的讀音確實是學習日文上非常麻煩的事，即使是日本人有時也未必能讀得出來，就台灣的小學生而言，剛開始學國字時，遇到不懂的國字就寫注音，慢慢的國字認識多了就不寫注音了，因為國語程度變好了，同樣的在日文中使用了大量的漢字，當不會寫漢字時就用五十音寫出即可，因為日文漢字在日文中也占有相當重要的功能和地位，所以日本有漢字檢定協會專門進行了解漢字程度的測驗，可見日本人對漢字是非常重視的，而且漢字在日文中也占有相當重要的意義，譬如剛看到「きしゃのきしゃがきしゃできしゃしました」這個句子時，可能會認為印刷錯了，但是若加入漢字的「貴社の記者が汽車で帰社しました」意思就相當明白了。有些書籍對不太常出現的日文漢字會以平假名來標註其讀音，如「貴社の記者が汽車で帰社しました」，就好比我們的注音符號一樣，OFFICE的WORD軟體對日文也可以有相同的功能，只要把日文漢字貼到Word裡，它就可以自動幫你把漢字標上五十音，方法與中文的注音標示一樣，以下以Word 2010為例說明：

先把日文複製到Word裡，將文字選取起來（一次最多只能拼30個字元），接著在上方［常用］標籤裡按下「中」鈕，也就是把選取文字標上注音符號。

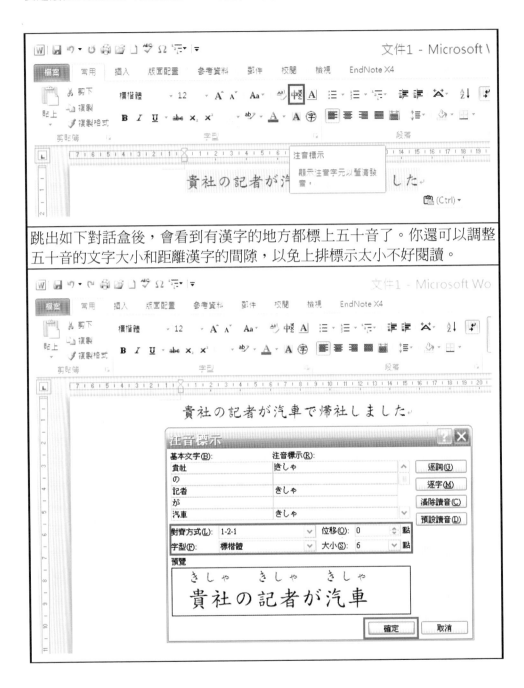

跳出如下對話盒後，會看到有漢字的地方都標上五十音了。你還可以調整五十音的文字大小和距離漢字的間隙，以免上排標示太小不好閱讀。

可以選擇逐詞或逐字拼音，逐詞的注音標示會平均間隔標示語詞的拼音，逐字的拼音標示會在每個漢字上標出其音。按下〔確定〕後，Word裡的漢字就標好五十音讀法了。

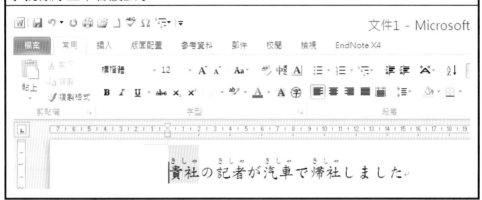

注意！！這個方法僅限於文字本身是日文編碼（如由日文網頁複製而來），否則結果漢字上面標示的可能是國語注音符號，而非日文平假名，若此等漢字與中文漢字是完全一樣的，此時圈選該漢字後，按底下狀態列的語言選項（或功能表的【工具】→【語言】→【設定語言】），把語言改成「日文」即可。方法如下：

步驟一：按底下狀態列的語言選項。

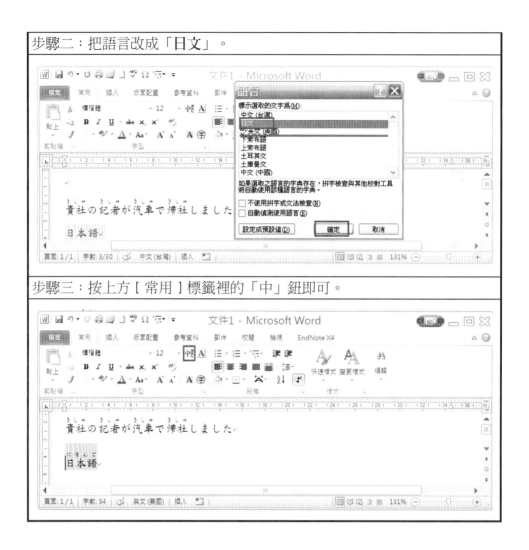

注意！有時候對專門用語而言自動拼出來的音是有問題的，不過這種情形非常少，此時只要在注音標式處更改為正確讀音即可，如在液晶配向的「配向」電腦自動拼出的音是「くばこう」或「くばむかい」，而正確的讀音應該是「はいこう」，此乃因漢字「配」的讀音有「くば、はい」如「配る」

「配達」，而「向」的讀音有「こう、きょう、む」如「方向」「向来」「向かい」，要知道專業用語的正確讀音，只能多讀多看，有些專業網站會出現正確的讀音，而先前介紹的日本Yahoo網站字典查詢也是一個方法，日本維基百科網站（http://ja.wikipedia.org/）也是可以參考的一個網頁。

第三節　網路閱讀好幫手

　　網路浩瀚，很多的訊息都已經可以從網路上獲得，但如果在閱讀時還要一個一個字去查每個字的念法和意思，那真的會浪費很多的時間與精力，也可能很快就失去了學習的興趣，因此，在此介紹一個對日文閱讀相當好用的網站Rikai（理解），它可以很簡單的查出所有漢字的讀音和英文解釋，以下介紹此一好用的網站，其他一些有用的日文查詢網站於第三章有用和有趣的日文學習網站介紹，首先進入理解網站（http://www.rikai.com/perl/Home.pl），網站的編排如下所示：

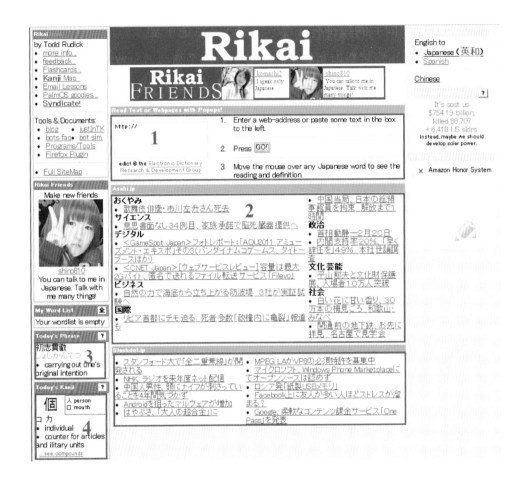

　　網頁中有四個地方（圖中標示的1、2、3、4處）非常好用，第一個是只要三個步驟就能全面性解釋網頁單字的讀音和意思，首先在空格內貼上欲查詢的網址或欲查詢的文章內容，接著按 GO! 進入完成之網頁，剩下的只要移動滑鼠就會出現單字的讀音和意思，結果如下所示，滑鼠移到單語處會自動將單語框出，對此單語進行日文讀音及意思的英文解釋，並且對單語

的每一個漢字也會有音讀、訓讀的拼音及簡單英文解釋，但滑鼠移到平假名上不會有作用，對片假名只會有英文出現，可惜的是對有活用的品詞無法進行說明，僅對單語的語幹進行說明，因此對活用的品詞說明或發音容易出現錯誤的發音，例如下文中的「口臭くなったり」，該網頁會拼音成「<ruby>口臭<rt>こうしゅう</rt></ruby>」，雖然日文中有「<ruby>口臭<rt>こうしゅう</rt></ruby>」這個單語，但在這裡的「<ruby>口臭<rt>くちくさ</rt></ruby>くなったり」是從形容詞的「<ruby>口臭<rt>くちくさ</rt></ruby>い」的連用形「<ruby>口臭<rt>くちくさ</rt></ruby>く」+なる的而來（詳見第六章其他用語的活用形容詞），所以電腦最終還是不如人腦，但是電腦動作比人快，所以還是不錯的學習夥伴，使用此一功能可以省去很多查詢的時間。

第二個有用的地方是朝日新聞內容，朝日新聞內容包羅萬象，每日閱讀日本新聞不但對日本文化社會更容易了解，也可幫助自己的日文能力，因為可以針對漢字的單字和單語、以及外來語做即時解釋，因此讓閱讀變得更容

易。

　　第三個有用的地方是每日提供日文片語（四字成語）的讀法和意思，對文學作品的閱讀或日後寫作有絕對的幫助，而且每日的片語都不一樣，只要持續學習一定能使自己的日文能力大幅增進。

　　第四個有用的地方是每日提供一個漢字的讀音，對學習日文漢字相當有用，按下 $\boxed{\cdots\text{see compounds}}$ 後，會有更詳細的說明（如下圖），列出與此漢字相關的單語，若讀者能每日持續學習，一定可以增進自己的日文漢字能力，除了每日一漢字的介紹外，頁面也提供讀者查詢漢字，讀者可查詢自己的中文名字如何讀及如何用日文介紹自己的名字。

Kanji Map

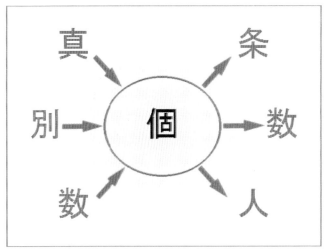

Or, type in a single Kanji here:

本章對日文的輸入及查詢做一詳細的介紹，這是學習日文強而有力的工具，希望讀者能多加利用，這樣的工具彷彿是釣魚所需的釣竿，有了這樣的釣竿，讀者也可以在浩瀚的網路大海中，去釣你想釣的魚，從網路中去找尋自己有興趣的網頁吧，讓日文成為您網路搜尋的另一項利器，從浩瀚的網路大海中找尋寶藏，讓有興趣的日文網頁變成您學習日文的支撐動力，您會發現日文網頁中有很多您意想不到的資訊，帶著你的魚竿去大海中尋寶吧，為了確認您是否學會了本章的技巧，請您詳做練習，練習內容可以在浩瀚的網路大海中找尋，本章末也提供一些練習題目，若有不甚了解的地方，一定要回頭看看本書的說明，直到非常熟練為止，接下來，讓我們繼續學習如何解開在網路世界中搜尋到的日文資訊寶藏的大門。

✍ 練習

1.請利用WINDOWS電腦的輸入功能查出下列日文漢字的讀音。

　(a)躾　　　(b)峠　　　(c)唄　　　(d)励ます　　(e)咲く

　(f)凪　　　(g)圀　　　(h)閖　　　(i)閣　　　(j)颪

　(k)閇。

2.請查出下列詞句的漢字拼音

　(a)幕府　　　(b)半導体　(c)反応　　(d)暗記　　(e)開発

　(f)応用　　　(g)泥棒　　(h)自動　　(i)児童　　(j)半導体

　(k)歩留まり　(l)良品　　(m)設計　　(n)回路　　(o)密航

　(p)謀反　　　(q)海老。

3.請寫出下列句子中漢字的拼音

雪解けの水が谷川を勢いよく流れる。

弟は独りでギターの弾き方を学んだ。

句読点に気を付けて文章を読む。

4.請用WORD寫出第一章文中的各篇日文的例文，並針對其中的漢字標

出讀音。

5.請寫出第一章練習中自行找出的文章中出現的日文漢字拼音。

6.請從日文網頁中複製一篇文章，並利用電腦將其中之漢字拼音寫出。

7.請寫出周華健所唱的花心日文歌曲「花」歌詞中的漢字拼音

川は流れて　どこどこ行くの　人も流れて　どこどこ行くの　そん
な流れが　つくころには　花として　花として　咲かせてあげたい
泣きなさい　笑いなさい　いつの日か　いつの日か花をさかそうよ
涙ながれて　どこどこ行くの　愛も流れて　どこどこ行くの
そんなながれを　このうちに　花として　花として　むかえてあげ
たい　泣きなさい　笑いなさい　いつの日か　いつの日か花をさか
そうよ　花は花として　わらいもできる　人は人として　涙もなが
す　それが自然のうたなのさ　心の中に　心の中に　花を咲かそう
よ　泣きなさい　笑いなさい　いついつまでも　いついつまでも
花をつかもうよ　泣きなさい　笑いなさい　いついつまでも　いつ
いつまでも　花をつかもうよ

3　有用和有趣的日文學習網站

　　語言的學習是日經月累的，日文的學習也不例外，本書的撰寫目的在於讓學習者在短期間內，在各種工具的協助下讀懂日文的相關資訊，若讀者願意花更多的時間學習日文，一定可以更精進自己的日文能力，本章節提供一些免費的有用網站供讀者參考，這些網站的內容絕對有助於日文的學習及最新資訊的獲得，由於電腦資訊的發展突飛猛進，資訊的搜尋也越來越方便，資訊的更新也日漸頻繁，因此介紹一些對學習日文有用的學習網站，以便學者在網路上學習，此外也介紹一些有趣的網站，讀者對自己有興趣的網站可以把網站中的內容當成自己學習的範本，這樣可以增加自己學習日文的動機，作者也建議讀者在學完前一章的日文輸入與日文搜尋的一些方法後，自己到日文網站中去尋寶，替學習找到動機與興趣，即使內容看不懂也不要太在意，從中選擇自己有興趣的內容，跟隨本書各章節的介紹，慢慢的去了解內容，在讀完本書後，相信讀者一定能了解內容。

　　在此介紹的網站內容也許隨著時間會有所更新或更改，不能保證永遠存在，除了以下介紹的網站外，讀者仍可以找的到新的、有用的、有趣的日文學習網站，不管是哪一個網站，只要讀者對日文學習的興趣不減，日經月累的持續學習，日文能力一定可以越來越好。

第一節　基礎學習網站

市面上有各式各樣日文學習書籍，學習的內容有生活會話、文法、句型、文化、歷史、各種品詞用法等，學者不可能看完所有的書，也不可能有包含所有內容的日文學習書，但網路無遠弗屆、內容萬千，不管什麼樣的日文資料幾乎都可以在網路中查詢到，因此若能善用網路世界去學習日文，不但可以省下很多購買書籍的錢，也可以學到很多新奇的日文，以下介紹幾個免費的日文學習網站，希望有助於讀者的日文學習。

一　適合幼兒的學習網頁おこちゃまゲーム（http://okochama.jp/）

おこちゃまゲーム是一個邊玩邊學習的網站，是針對學齡前的兒童所設計的網站，利用各種遊戲讓小朋友學習簡單日文，適合幼兒學習日文，也可以學習到相當多的知識，例如各種昆蟲、動物、水果、日本地名、各種生活用品等等的日文，還有各種昆蟲的幼兒長什麼樣子？相同發音的東西是哪些？各種數字相關的表達方式等等，內容寓教於樂、豐富多樣，可以親子一同學習，一起比賽喔，大人保持童心上去學習，老實說還蠻多知識是我以前不知道的，相信您也可以從中學到許多知識和日文，把自己當成小朋友，跟著日本的小朋友去學習日文吧。

ひらがな練習・カタカナ練習などの幼児向け無料知育ゲーム集

幼児向け知育ゲームで親子一緒にお勉強♪ おこちゃまゲームは子供に教えたい、伝えたいがいっぱいいっぱい

おこちゃまゲームはすべて無料でご利用いただけます。親子一緒にお楽しみください！

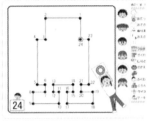

のびのび知育あそびらんど　　　おこちゃま保育園　　　おこちゃま幼稚園

おこちゃまゲームは、知育と心の教育を考えたコンテンツを配信しています。

二　Easyjapan 50音學習網站（http://www.easyjapanese.org/index.html）

　　本網頁是一個英文的日文學習網站，提供50音的學習及測驗，50音的筆順及寫法也能提供動畫學習，是個適合學習50音的網站，本網頁也提供簡單的文法說明及簡單的會話，甚至提供簡單的50音電玩，可以在遊戲中學習日文，也很適合父母親帶領小朋友全家一起學習的網站。

Ads by Google   Japanese   Hiragana Fonts   Kanji Kana   Hirag

Learn how to write Hiragan

Menu

Home

Writing

Hiragana Quiz

Katakana Quiz

Basic phrases

Basic grammar

Kanji flashcards

Kana memory game

How to write
Hiragana

あ	い	う	え	お
か	き	く	け	こ
さ	し	す	せ	そ
た	ち	つ	て	と
な	に	ぬ	ね	の
は	ひ	ふ	へ	ほ

三 CosCom學習網站（http://www.coscom.co.jp/index.html）

　　本網頁是一個英文的日文學習網站，主要是提供給英文母語的外國人學習日文，也因此特別適合剛學日文的學習者，該網站的內容相當豐富，如果讀者的英文許可，不失為一個學習日文的好網站，裡面有關日文的學習教材豐富，有日本生活的相關知識如天氣、新聞、地圖、節日、傳統節慶、人氣觀光景點等等實用的基本知識，從50音的學習帖到中高級的學習內容應有盡有，實用的表現方法及會話、並且附有發音可以學習五十音，其網站內容針對中、高級學習者的新聞或情報也會定期的更新，此外每個學習的地方都有

PDF檔可以下載學習，是個影音兼具、內容精彩的網站，如果學習者可以瀏覽該網站，想必會愛不釋手。

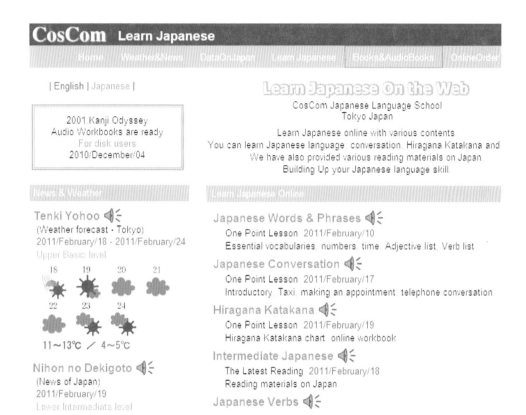

該網頁也提供日文版本（http://www.coscom.co.jp/j-index.html），讀者可以前往學習，一定會大有收穫。

▌読み物

◀€ ふじさん － にほんで いちばん たかい やま
　　富士山 － 日本で一番高い山
　　Mt. Fuji - the highest mountain in Japan

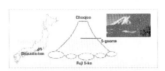

◀€ すし － にほんの ファストフード
　　寿司 － 日本のファストフード
　　Sushi - Japanese fast food

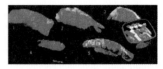

◀€ にほんの おしょうがつ
　　日本の お正月
　　the New Year in Japan

◀€ にほんの スポーツ － やきゅう
　　日本の スポーツ － 野球
　　Sports in Japan - Baseball

◀€ にほんの きょういく せいどは ６・３・３
　　日本の 教育制度は ６・３・３
　　Education system in Japan

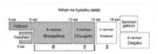

（四）　ゆーびっく日語學習網站（http://study.u-biq.org/）

　　本網頁是為了幫助日語教師及日語學習者所設立的免費學習網站，內容除了提供基礎的50音平假名和片假名的練習外，並提供初級到中級的學習教材，很適合初學者循序漸進的學習日文，同時也提供日本語能力試驗（JLPT）的模擬試驗，包含漢字、語彙、文法等問題。

　　學習者可以列印50音的平假名和片假名練習簿作為50音的學習練習，本網頁也提供日文輸入練習，電腦以發音出題，然後由學習者輸入日文，可以同時訓練50音的聽力及50音的輸入。

　　網頁也提供日本語能力試驗（JLPT）的學習及模擬試驗試題練習，學習分為不同等級的漢字、語彙、句型、文法等四項，對想參加日文檢定考試者也相當有幫助。

（五） よみうり博士のアィデァノート（http://www.yomiuri.co.jp/nie/note/）

該網站係由讀賣新聞擷取適合國小三、四年級到國中生適合閱讀的報紙新聞，內容包羅萬象，是很好的閱讀補充教材，也適合加強自己的日文能力，藉由和日本的學生讀相同的報紙內容，不但可以增強日文能力，更可以從中了解日本的文化與社會狀況，該網站為了方便學生學習，對較難的單字或特殊的專有名詞，只要輕點該字便會跳出該字的讀法及解釋的相關連結，此外，該網站從標題內文到圖表數字的涵義等一一詳細的解說，可以讓讀者更容易輕鬆讀懂報章雜誌。

（六）　**福娘童話集**（http://www.hukumusume.com/douwa/）

　　對初學者而言，和日本小朋友一樣從最簡單易懂的童話故事入門是一項不錯的日文學習方法，福娘童話集網站網羅了各種日本及世界知名的童話、民間故事與世界的童話故事、伊索寓言童話以及各式各樣分門別類的有趣童話，對於提升閱讀有極大幫助。網站以月分和日期分類，天天都有屬於當日的故事，故事還會配上可愛逗趣的插畫，有的故事附有線上朗讀，可邊讀邊聽加強聽力，網站依循日本民間行事曆依序放置各個小故事，若能持之以恆，每日學習一個童話故事，相信對學習日文與了解日文文化絕對有相當大的助益，本網頁是個值得每日進入閱讀的網站。

NHK**週刊**こどもニュース（http://www.nhk.or.jp/kdns/）/ニュース
深読み（http://www.nhk.or.jp/fukayomi/）

　　這是NHK電視節目針對日本的小朋友所安排的電視節目的網站，每週
針對日本或世界所發生的時事，用最簡單、最容易了解的表達方式做說明與
介紹，例如中國為何反對諾貝爾獎（劉曉波獲得諾貝爾事件）、維基解密是
什麼、北韓為何砲擊南韓等國際時事的發生原由介紹，節目在介紹過程會使
用各種道具，讓小朋友能容易了解內容與解惑，由於是電視節目，若家中可
以接收NHK電視節目，則可以闔家一同觀賞該電視節目，對日文、與日本
或世界性的時事能有更深的了解，除了能對日本更加了解外，也可以增加自
己的國際觀，畢竟國內的新聞都集中在國內事件與八卦新聞，很少有國際相
關的詳細報導，這是吸收海外知識，增廣見聞與自身國際化的一個途徑，本
網站則是該電視節目的網站，若無法收視NHK，也可以每週固定上NHK週
刊こどもニュース網站看看日本這一週發生了什麼新鮮事，播放過的內容
也都會整理在在網頁上供讀者查詢，由於是針對日本小朋友的新聞，因此
對日文初學者是相當不錯的練習閱讀的網站，可惜NHK週刊こどもニュー
ス的播放已於2010年12月19日結束，不過還是可以查詢到之前播放的內容
（2006年～2010年）。

　　目前該節目時段已經改成適合闔家觀賞的新聞解說節目「ニュース 深読み」，針對時事進行詳細的說明，不過網頁還沒有那麼豐富，其中可以看到最新的國內外最新訊息，也會有影像的最新報導，有如自家的NHK新聞，也許該網站過一段時間後，網頁也會越來越豐富。

財團法人日本漢字能力檢定協會（http://www.kanken.or.jp/index.php）

　　由於日文對漢字的依賴性很高，因此漢字能力也代表著日本人的學識能力，漢字檢定也就成為日本人就業判斷公司人才學識的一項工具，對懂漢字的華人而言，學習漢字不難，但漢字的讀音卻相當困難，因此若要讓自己的日文更上層樓，日本漢字的學習是個很重要的階段，本網頁不但可以增強對日文漢字讀音的能力，同時也有漢字檢定考古題可供練習，讀者可以隨時上網學習並測試自己的漢語能力。

九　新語探檢（http://dic.yahoo.co.jp/）

　　隨著時代的變遷，語言也會跟著改變，會有舊的單語消失，也會有新的單語出現，該網頁是由JapanKnowledge提供，對於各種新出現的單語做原由的說明，讓讀者了解該單語是如何來的，代表什麼意思，對於日本新知有興趣的日文學習者而言，甚至對日文教學者而言都是非常重要的日文單語訊息來源。讀者可以利用免費又即時的訂閱RSS（訂閱摘要）的方式，當該網頁有新的單語出現，就會自動通知訂閱者，有興趣者可以訂閱。

📖 新語探検　　　　　　　　　　　　　　　+ My YAHOO! RSS

『現代用語の基礎知識』の元編集長・亀井肇氏が、新世紀ニッポンを「言葉」から探検する異色コラム。JapanKnowledge提供。

女子街 ・ 2011年2月19日

マーケティング研究家の三浦展による命名。東京・杉並区の高円寺が女性たちにとっての居心地の良さから、こうよばれている。三浦が女性建築家ユニット「SML」の協力を得て高円寺をフィールドワークし、かつては口 …

ダッフィー ・ 2011年2月19日

東京ディズニーシーでしか買えないクマのぬいぐるみ。もともと「ディズニーベア」として、アメリカのディズニーランドで販売されていたが、2005年冬から日本の東京ディズニーシーに登場している。長い航海に出る …

チャリチョコ ・ 2011年2月18日

チャリティーチョコレートの略。「寄付チョコ」ともいう。チョコレートを買うと、その売上金の一部が原料生産国の子供の教育支援などに使われるといった「社会貢献型」のチョコレート。菓子メーカー大手の森永製菓が …

カーディオテニス ・ 2011年2月18日

アメリカで考案された、テニスとフィットネスを組み合わせたエクササイズプログラム。カーディオは「心臓の」という意味の英語である。フィットネスに「テニスの楽しさ」「ボールを打つ爽快感」をプラスしたもので、 …

ネコミュニティ ・ 2011年2月17日

地域に住み着いた「地域猫」を住民がみんなで育てている地域。「猫」と「コミュニティ（共同体）」との合成語。地域活性化策の一つとして、そうした地域猫を集客や住民の交流に役立てようとしている。東京都台東区と …

✚　BitEx（びてっくす）（http://bitex-cn.com/）

　　BitEx（びてっくす）是一個提供日本人學習中文（大陸簡體中文）的網頁，學習內容多樣，介紹中國和台灣的各種文化、藝人、中文歌歌詞、美食等，讀者可以從中學習如何向日本人介紹台灣的各種文化和美食，也可以知道知名藝人的日文名稱為何，例如日本人熟悉的鄧麗君、周杰倫、蔡依林、王力宏、張惠妹等最新最紅的藝人，以及飛輪海、SHE等偶像團體都可以查詢的到，台灣美食很多，但是若沒有相片或實體讓對方看到是很難介紹的，該網站有各種美食的日文說明，從該網站做反向學習，也可以學到很多

與日本人溝通的知識和技巧，若要增進與日本人的關係與增進自己的日文，不失為一個好的學習網站。

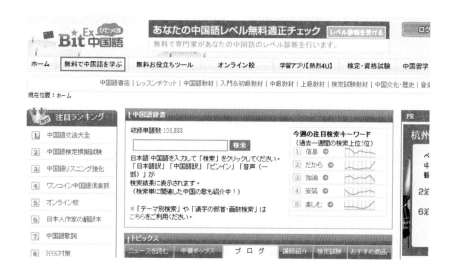

第二節 查詢工具網站

在學習過程中難免會有不懂的單字需要查詢，雖然現在有很多市售的翻譯軟體可以使用，但常常會有中文雖然一樣但實際內涵的意思並不相同的情形，因此本人比較建議當讀者的日文能力達到某一個程度時，還是以日日辭典為學習的工具較好，這也是為什麼學習英語時，英文老師也會建議使用英英辭典一樣的意思，不但可以了解其真正內涵外，也可以從例句中了解其正確的用法。此外，有一些專有名詞或是比較新的名詞在傳統的字典或翻譯軟體內是很難找到的，在此提供幾個網站和網頁，提供讀者找尋不懂的單詞，

當然在懂的單字還不多的情況下，還是建議先使用傳統的日文字典，等懂的單字多一點以後再開始使用網路上的資源。

一 Excite辭書（http://www.excite.co.jp/dictionary）

Excite是與日本Yahoo網站相同的搜尋引擎網頁，在其字典選項中有英和、和英、國語、中日、日中的查詢方法，分別由不同的機構提供，英和、漢英辭典由研究社提供，分別收錄173000和135000項，國語（日文）、中日、日中辭典由三省堂提供，分別收錄23萬3000項、約4萬項及3萬項，中文的輸入以大陸拼音或中文字輸入。

英和　　和英　　国語　　　　　　日中

検索　　前方一致 ∨　　　　　　ピンインまたは漢字

【PR】年間保険料１９，６５０円の自動車保険はこちら

デイリーコンサイス中日辞典 （三省堂）

約4万項目を収録した中日辞書です。
ピンインによる発音表記や品詞明示に加え、語と語素を区分しています。簡潔な用例と多くの連語や成語・俗語などを収録し、同意語や反意語なども豊富です。

凡例

使い方

調べたい単語またはそのピンインを入力して、検索ボタンを押します。

※標準では前方一致検索ですが、プルダウンメニューより完全一致検索、後方一致検索、部分一致検索も選択できます。

※ピンインを入力して検索する場合、四声の指定はできません。

◆前方一致検索の例
「好」と入力すると、「好」の他に「好看」「好人」などが検索されます。
「hao」と入力すると、「好」や「好看」の他に「豪富」「号令」などが検索されます。

英和、和英辭典 http://ejje.weblio.jp/

英和、和英辭典的查詢，一般性的專門用語也可查到。

ASCII數位用語詞典（ASCIIデジタル用語辞典）

http://yougo.ascii.jp

　　ASCII數位用語詞典從基本的電腦用語到較專業的專門用語，廣泛收錄了PC/IT領域相關的用語，取自於各種報章雜誌中出現的用語，目前共收錄約1萬3700個用語供查詢，本網站的用語查詢是依50音作查詢，因此在查詢前必須先了解用語的拼音。

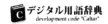

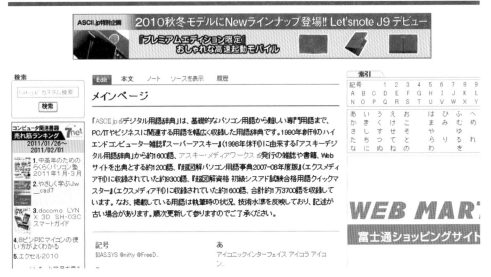

（四）　IT用語辭典-日立Solutions（http://it-words.jp/）

　　IT用語辭典是由日立Solutions所提供，可以查詢各種最新的IT用語，目前該網頁提供有將近1萬3000個用語，可以查得最新IT商品的說明。

五 IT用語辭典e-words（http://e-words.jp/）

　　該網頁由株式会社インセプト製作的IT用語線上搜尋網頁，可以用關鍵字、領域別、英文字母或50音索引之三種方法進行用語的讀法、意義與相關用語等資訊。

六 科學技術綜合連結中心J-GLOBAL（http://jglobal.jst.go.jp/）

　　科學技術綜合連結中心J-GLOBAL登載研究開發時經常出現的資訊為基礎，非常適合做科學技術研發的人士在遇到問題時使用的搜尋網站，目前登載的可查詢內容有：研究者、文獻、專利、研究課題、大學研究機構、科學技術用語、化學物質、遺傳基因與資料等幾個面向。

　　研究者面向可查詢日本國內大學、公家研究機關或研究中心所屬的研究者姓名、所屬單位和發表的論文等；文獻面向可以查詢日本國內外主要科學技術、醫學、醫藥文獻的書籍雜誌（書籍雜誌名稱、作者、發表資料、卷號頁等）；專利面向查詢日本專利廳做成的專利公開公報的名稱、專利號碼和

發明者等；研究課題面向可查詢日本國內各式各樣的研究課題的題目、實施期間、實施的研究者等資訊，大學研究機構面向可查詢日本國內之大學、公立研究單位和研究中心等單位名稱、代表者、所在地及事業概要等；科學技術用語面向可查詢科學技術用語的日文名稱、同義語、關連語、上位語等；化學物質面向可查詢有機化合物的分子式、名稱、慣用名等；遺傳基因面向可查詢人類的遺傳基因、遺傳基因座等；資料面向可查詢日本國內外的主要科學技術、醫學、醫藥文獻的領域等之資料名、簡稱、出版團體等。

試行版（β版1.4）

2/25(金)13:00から2/28(月)10:00まで、法定設備点検のためJ-GLOBALのサービスを停止いたします。
そのため情報更新の反映が遅れますことをご了承ください。ご迷惑をお掛けいたしますが、ご理解の程よろしくお願いいたします。

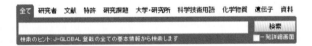

●J-GLOBALとは【詳細はこちら】
研究者、文献、特許などの情報をつなぐことで、異分野の知や意外な発見などを支援する新しいサービスです。またJST内外の良質なコンテンツへご案内いたします。

●今後の予定【詳細はこちら】
J-GLOBALは現在、試行版(β版)として提供しており、今後「網羅性」「連携拡充」「関連精度向上」「利便性向上」の4つの観点で拡充し、本格版を目指します。

今後も、お客様の声を踏まえながらこれらの拡充に努め、より利用価値の高いサービスを目指してまいりますので、ご意見、ご要望をお寄せくださいますよう、お願い申し上げます。

該網頁的構成概念圖如下：

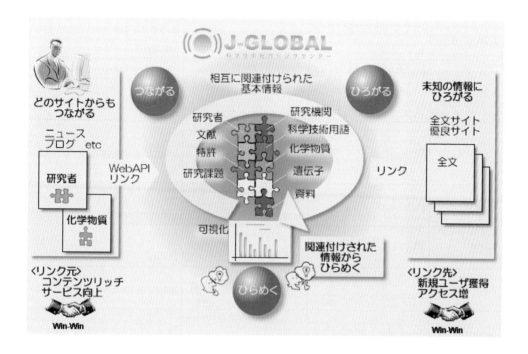

該網頁之所以可以有如此強大的搜尋功能，主要是因為其連結了日本許多的研究機構，目前有連結的研究單位與資料如下：

研究者リゾルバー	NII研究者リゾルバー	国立情報学研究所	http://rns.nii.ac.jp/
GeNii	NII学術コンテンツ・ポータル	国立情報学研究所	http://ge.nii.ac.jp/genii/jsp/
PORTA	国立国会図書館デジタルアーカイブポータル	国立国会図書館	http://porta.ndl.go.jp/portal/dt

JREC-IN	研究者人材データベース	科学技術振興機構	http://jrecin.jst.go.jp/seek/SeekTop
JDreamII	JST文献検索サービス	科学技術振興機構	http://pr.jst.go.jp/jdream2/
J-STAGE	科学技術情報発信・流通総合システム	科学技術振興機構	http://www.jstage.jst.go.jp/
CrossRef	CrossRef	Publishers International Linking Association	http://www.crossref.org/
PubMed	PubMed	U.S. National Library of Medicine	http://www.ncbi.nlm.nih.gov/pubmed/
IPDL	特許電子図書館	工業所有権情報・研修館	http://www.ipdl.inpit.go.jp/
J-STORE	研究成果展開総合データベース	科学技術振興機構	http://jstore.jst.go.jp/
Wikipedia	ウィキペディア	ウィキメディア財団	http://ja.wikipedia.org/
e-seeds.jp	技術シーズ統合検索システム	科学技術振興機構	http://e-seeds.jp/
日化辞Web	日化辞Web	科学技術振興機構	http://nikkajiweb.jst.go.jp/
HOWDY	ヒトゲノム情報統合データベース	科学技術振興機構	http://howdy.jst.go.jp/
LSDB	ライフサイエンス統合データベース	ライフサイエンス統合データベースセンター他	http://lifesciencedb.jp/

　　讀者也可以直接進入上述連結研究單位的網頁進行搜尋，可以用更多功

能搜尋的更詳細，例如日化辞Web內還可以用化學式直接查詢，不過得外掛化學結構相關程式（詳細請直接連接該網頁），當不知要從哪個網頁去查詢所要的資料時，利用科學技術綜合連結中心J-GLOBAL的網頁進行搜尋也不失為一個資料搜尋的途徑。

 日英化學物質名稱查詢（http://www.saglasie.com/tr/chemical/）

以上的日化辞Web已經是一個不錯的化學物質查詢資料庫了，但難免有些化學物質還是無法查詢的到，日英化學物質名稱查詢網站是另一個不錯的網站，目前有42586個登錄化學物質可供查詢。

元素・化合物名を英語と日本語のどちらからでもすばやく検索

Chemical Substances Database　　　　　　[English]

現在の登録データ数: 42,586　　登録データの出典

Search for:

| | SEARCH |

Boolean operators: AND, OR, NOT [Tips]

産業翻訳者は毎日が時間との戦い。それなのに未知の物質名は山ほどあり、どこを調べても適訳はおろか手がかりすら出てこない…。ここでは、そんな翻訳者の悩みを解決し、化学物質名の誤訳ゼロを目指します。

通訳・翻訳サービスならKYT
創業30年の信頼・多様なニーズに対応 IT・
金融・医療など広い分野をカバー

129円のマンツーマン英会話
ワールドビジネスサテライト 産経新聞などで
も紹介された英会話
Ads by Google

Learn more..
・物質名が載っている辞事典
・化学英語の本棚
・命名法から攻める
・基名表 etc.
・まぎらわしい化合物

翻訳の過程で出会う未知の物質名。手元の辞書で訳語を特定できるときより、そうでないときのほうが圧倒的に多いはず。世の中には何百万もの物質が存在しますから、その

該網站也可以反過來從化學物質的英文名稱查詢化學物質的日文名稱http://www.saglasie.com/tr/chemical/index.htm，可惜的是無法用化學結構做查詢。

Fast Search for English-Japanese Names of Chemical Substances

Chemical Substances Database

[Japanese]

Registered: 37,756 E-J pairs

Search for:		SEARCH
Boolean operators: AND, OR, NOT [Tips]		

This database helps translators search for names of chemical substances in English and in Japanese. The data files are provided "as is" with no guarantees of any kind.

NOTE: Use wildcard (*) to search for English words when you don't know all the letters in them. For more information, see [TIPS]

 汽車用語（http://mito.cool.ne.jp/fr_club/bkat/index.html）

收錄汽車用語相關知識，依50音或英文字母查詢，可供對汽車相關系所學生或對汽車有興趣之讀者使用。

自動車用語の基礎知識
Basic Knowledge of an Automobile Term

こんな用語があったんだ！
聞いたことはあるが、意味が分からない・・・？
など、自動車用語について確認してみましょう！
また、知っている用語でも、再確認することが出来ますねぇ。
わたし、誤訳しているときがあるからねぇ・・・。

♪全ての解説用語を五十音順に並べたものです♪

あ(ア)	い(イ)	う(ウ)	え(エ)	お(オ)
か(カ)	き(キ)	く(ク)	け(ケ)	こ(コ)
さ(サ)	し(シ)	す(ス)	せ(セ)	そ(ソ)
た(タ)	ち(チ)	つ(ツ)	て(テ)	と(ト)
な(ナ)	に(ニ)	ぬ(ヌ)	ね(ネ)	の(ノ)
は(ハ)	ひ(ヒ)	ふ(フ)	へ(ヘ)	ほ(ホ)
ま(マ)	み(ミ)	む(ム)	め(メ)	も(モ)
や(ヤ)		ゆ(ユ)		よ(ヨ)
ら(ラ)	り(リ)	る(ル)	れ(レ)	ろ(ロ)

九 日文歌曲歌詞搜尋うたまっぷ（http://www.utamap.com/）

唱歌學語言是一種蠻多人使用的學習方法，對於喜歡音樂的日文學習者而言，一邊聽歌一邊對照日文歌詞的學習方法，可以幫助加深印象及加強學

習效果，雖然購買音樂CD都會附贈歌詞，但通常不會附日文漢字的讀音，到卡拉OK想點唱日文歌曲，可是怕日文歌曲中出現的漢字讀音不了解怎麼辦，現在網路發達，已經很少人買實體CD了，從網路上的音樂軟體聽歌的人已不在少數，但藉由網路的音樂軟體聽歌往往沒有歌詞，うたまっぷ網站正好可以彌補此項缺點，整個網站提供的功能是從歌手、歌名、人氣排行榜等來進行歌詞的檢索，讀者除了可以免費下載歌詞外，利用前一章的日文輸入與查詢方法，也可以輕鬆得到日文歌詞的漢字讀音，利用此網站來輔助日文歌曲的學習，想必有助於增進自己的日文能力。

第三節　有趣的網站

　　學習語言的過程中，讓自己對學習的語言感興趣的一個方式就是蒐集以該語言撰寫的相關事物，很多人一定有聽說過某些人為了瞭解日本電玩的破解秘笈而學習日文成功的案例，也很多人到日本一定會到藥妝店購物，日本有哪些新奇的藥妝或有哪些新奇的創意小物，相信很多人都會感興趣，因此若能有一些自己感興趣的網頁，一定可以鞭策自己有恆心的學習日文，然而每個人的興趣不同，所以沒辦法提供所有的網站，在此提供幾個網站供讀者參考，讀者也可以在網路上搜尋自己感興趣的網站，讓自己學習日文更有樂趣、更有恆心與毅力，也能從中得到學習的成就感。

一　日本料理-每日の節約、簡單な料理レシピ

　　（http://www.s-recipe.com/）

　　對日本料理有興趣嗎？逛逛這個網站吧！這個網站收錄了許多簡單、快速的食譜，總數約8000筆，而且內容持續更新增加中，這個網站以一週為單位詳細介紹每日菜色，還附上可以一次購足所需的食材清單，讀者也可以根據食材、主、副餐，和洋食或中華料理做搜尋，對家庭主婦、留學生及對料理有興趣的人來說是個不錯的料理網站。

購物網站（http://belluna.jp/）

　　主要商品有女性服裝化妝品及生活百貨等，女性讀者對此網頁可能會比較有興趣，其中廚房生活雜物創意用品也可以找到許多新奇有趣的玩意。

例如以下商品是不是覺得很有趣？

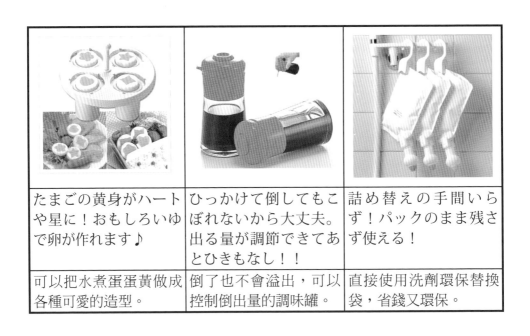

たまごの黄身がハートや星に！おもしろいゆで卵が作れます♪	ひっかけて倒してもこぼれないから大丈夫。出る量が調節できてあとひきもなし！！	詰め替えの手間いらず！パックのまま残さず使える！
可以把水煮蛋蛋黃做成各種可愛的造型。	倒了也不會溢出，可以控制倒出量的調味罐。	直接使用洗劑環保替換袋，省錢又環保。

　創意小物——街角情報室

（http://www.nhk.or.jp/ohayou/machikado/）

　　日本的NHK是日本放送 協 会（日本放送協會）的縮寫，其內容相當豐
富，是非常值得瀏覽的網站（http://www.nhk.or.jp/），包含新聞、運動、情
報、電視劇、音樂、綜藝節目、動畫、歷史檔案、劇場及公演、以及趣味與
教育等內容，而在此要介紹一個該網站上的網頁——街角情報室。

　　街角情報室網頁有最新的流行情報，在電視上看到的創意小物有很多都
是在NHK的節目播出的，從星期一到星期五每天都會撥放三次，若沒時間
看NHK的街角情報節目，也可以從NHK的網站內的ニュース／報道＞おは
よう日本＞まちかど情報室進入，也可以直接輸入網址進入該網頁，內有一
週五天所撥放的創意小物相關資訊，會有公司和聯絡電話以及網址等資訊，
要了解創意小外的內容及神奇之處則需進入提供的網頁內。

情報　　コンパクトで伸縮するハンガー

問い合わせ先

クリタック株式会社 家庭用品部

電話

0120－006－032

URL

http://www.kuritac.co.jp

（四）**各種雜貨購物網站**（http://www.romapri.com/goods/）

各種家具收納用品及室內用雜貨、流行雜貨、化妝用品雜貨的網路商品。

五 日本觀光訊息網站

　　想到日本自助旅遊，可是又不知道日本哪裡好玩，日文網站可以找到很多介紹日本觀光的網站，努力學日文吧，看懂日文你就可以到日本趴趴走了，學會了日文到日本旅遊犒賞自己一下吧。

```
社團法人觀光協會          http://www.nihon-kankou.or.jp/index.php
日本政府觀光局（JNTO）     http://www.jnto.go.jp/jpn/
日本國內旅行觀光情報        http://www.gojapan.jp/
```

　　以上網站未必能引起讀者興趣，由於網路無遠弗屆，內容包羅萬象，請各位讀者在浩瀚的網海中找尋自己有興趣的日文網站吧，讓自己從興趣中得到學日文的滿足與快感，當然也許一開始有挫折，但當你慢慢的讀完本書後，就會對網站內容越來越了解，千萬記住「保持恆心學習，不要半途而廢」是學日文的最高準則。

✍ 練習

1.請到日本維基網頁查詢日本戰國時代的三英傑指的是哪三人。

2.請查查下列的化學基團是什麼英文？ヒドロキシル基、アルキル基、シクロアルキル基、アルケニル基、アリール基。

3.請查下列的專有名詞是什麼？バックライト、サーモトロピック液晶、ポリマー、ディーラム、エスラム、ウエハー、チップ、トランジスタ、カーナビゲーション、ファクシミリ。

4.請查出下列日文的意思，ジャスミン革命、ウィキリークス、ノロウイルス、タブレットＰＣ、アップル ｖｓ．グーグル、スタグフレーション。

5.請查出下列日文歌詞，(a)夏川里美（夏川りみ）的淚光閃閃（淚そうそう）(b)平井堅的古老的大鐘（大きな古時計）(c)宇多田光的first love (d)鄧麗君（テレサ・テン）的我只在乎你日文版（時の流れに身をまかせ）

6.請查查日本有名的桃太郎與金太郎的故事。

4 　助　詞

第一節　助詞的基礎

　　由於日語屬於黏著語（或稱膠著語），所以助詞在日文語法上佔有不可或缺的重要地位，同時助詞也是學習者在學習日文時，最容易感到學習挫折的一個階段，實際上在學習英文的過程中，各位也都學習過介係詞，同樣的也會用錯介係詞，然而在英文中用錯介係詞並不會產生讀者的誤解，但在日文中助詞所代表的主要是該助詞前之名詞與動詞之間的關係，因此若用錯助詞則會引起相當大的誤解，例如「私が犬を嚙む（我咬狗）」與「犬が私を嚙む（狗咬我）」是完全不同的意思，當然有些助詞用錯並不會影響意思的理解，但正確的使用助詞將有助於意思的表達，「助詞」是一種虛詞，其本身沒有具體的詞義或僅有稀薄的詞義，不能直接表達任何主客觀事物，它必須附在自立語之後來發揮其輔助作用。日本人在其日文環境中自然而然學會助詞的使用，而我們在沒有這樣的學習環境下，僅能從日文學者所歸納的文法法則中去學習，然而日文學者所歸納出的文法不過是一些基本的準則，有時候還是會有例外的時候，這些例外沒有任何的原因，只是日本人的習慣用法，對於習慣的用法只能去適應它，不用特別去問為什麼。

　　在八世紀前後「万葉集」所使用的助詞只有「も」、「の」、「は」

「て」、「に」、「を」等幾個助詞，而現在已約有一百九十個了，助詞有其基本的用法，但也有些時候是固定的用法，了解助詞的基本用法後對日文內容的瞭解就可以有所掌握了，但對於固定的用法是沒有任何原因的，只能說是日本人的習慣用法，對此類日文的助詞若不想死背就只能多看、多閱讀文章去適應，助詞對初學者來說是學日文的第二難關，由於助詞的數量很多，無法一一完全說明，在此先給各位一些有關助詞的基本概念。

　　助詞主要扮演的功能在於連接兩種語詞，確立相互間的關係或添加其意義，助詞本身並不能單獨使用，使用時必須附屬於其他語詞下，而且助詞本身不具有任何變化。助詞種類的說法有不同的門派，大致可分為格助詞、接續助詞、終助詞、副助詞、複合格助詞、並列助詞、係助詞等七類，其意義簡單說明如下：

一 格助詞

　　主要是附屬於體言（名詞、代名詞等）之下，表示其前面所接語詞在句中的位格關係。格助詞包括有：が、から、って、で、と、に、の、へ、より、を等。

二 接續助詞

　　主要附屬於用言或助動詞之下，表示前後語句的順接、逆接或單純敘述的關係。接續助詞包括有：が、から、きり、くせに、けれども、し、だって、ため、たら、つつ、て、ては、ても、と、とき、ところ、ところが、ところで、ながら、とも、なら、なり、に、ので、のに、ば、まま、も

の、ものを、もので、ものなら、ものの、や等。

(三)　終助詞

　　主要附屬於體言、用言或其他語詞之下，表示說話者主觀的感情色彩。終助詞包括有：が、か、かしら、から、けれども、こと、さ、ぜ、ぞ、っけ、ったら、って、ってば、て、とも、な、ね、の、のに、もの、ものか、や、やら、よ、わ等。

(四)　副助詞

　　要附屬於體言、用言或其他語詞之下，用於修飾下文、添加某種意思或對述語具有影響之功能。副助詞包括有：か、きり、くらい、しき、ずつ、すら、ぞ、だけ、ってば、といえば、ときたら、ところか、となると、など、なら、なり、のみ、ばかり、ほど、まで、も、やら等。

(五)　並列助詞

　　其主要功能在於連接兩個對等關係的語詞。並列助詞包括有：か、だの、たり、と、とか、なり、に、の、や、やら等。

(六)　複合格助詞

　　原爲意義及用法不同的格助詞，因相互緊密結合，在意義、用法上已成爲不可分割的一個助詞，其功用和格助詞相同，一般接於體言（名詞、代名詞等）之後，表示其前面所接語詞在句中的位格關係。複合助詞包括有：を

おいて、をさして、をして、を目^め指^ざして、をもって、でもって、として、に当^あたって、において、に限^{かぎ}って、に関^{かん}して、に際^{さい}して、に対^{たい}して、について、にて、にとって、によって、にわたって、のために等。

七　係助詞

一般置於體言、用言連體形、副詞、部分助詞之後，對述語具有影響之功能，係助詞包括有：こそ、さえ、しか、しも、だって、ったら、って、でも、なんて、は等。

從以上的分類中讀者可以發現，有些助詞是同時被分類到不同的類別的，其中有一些助詞是口語時才用的，有一些則是文書時使用的，為了避免讀者學習上的困擾，在此就常用的幾種助詞的用法作一基本的解說，及對較容易搞混的助詞做比較性的說明與介紹，若能懂得常用的34個助詞就足以應付文章的閱讀了，然而34個助詞也不在少數，要完全死記也是吃力不討好的事，讀者可以在閱讀時隨時參閱此表，從中去理解其意義，這樣對於日文助詞的學習將會有很大的助益，但千萬別灰心，一定要有恆心的看下去，一開始的文章閱讀千萬不要心急，花比較多的時間去理解一定有助於日後的日文學習。第六類的複合格助詞有固定的用法和意思，而且經常在資訊日文中出現，因此本書將此類的複合格助詞的用法，留到第七章再予以說明；表 5列出本章要說明的常用助詞的基本用法及語意，不按助詞的分類做說明，而是以特定助詞為主要說明對象，所以某個特定助詞的說明包含了其他各種可能的助詞分類的用法，較複雜的助詞詳細說明及例句如後詳述，例句盡可能使用簡單的句子，但難免有些例句中有些句型或用法到目前為止，讀者可能還

不熟悉或不了解，讀者可試著先了解看看，等本書讀完後再回頭來重新看一次例句，如此可以增加讀者對助詞的理解，對於容易搞混的助詞用法則在第二節助詞辨異說明。

表 5　助詞基本用法及語意

助詞	用法、中文語意及例句
は	1.提示主詞（話題）。 2.用於否定，表加強語氣。 3.表兩種事物之對比、對照。 4.～ては、～では，表條件提示（如果…的話）。
が	1.現象句的主詞（描寫客觀事實或現象）。 2.以疑問詞為主詞。 3.條件子句中的主詞。 4.表喜惡、巧拙、能力、欲望的對象。 5.表有無、存在。 6.「は」和「が」配成大小主詞（「～は～が」）。 7.表逆接（但是、可是）。 8.表委婉徵求對方同意或回答。
の	1.表所屬（的）。 2.表前文所提示名詞之省略（準體助詞、形式名詞）。 3.表疑問。 4.表委婉的斷定；解釋、說明之語氣。
を	1.構成目的語（下接他動詞）。 2.表移動經過的地點。 3.表離開出發的地點。
と	1.表「和」、「與」。 2.表變化的結果（變成、成為）。 3.表引用。 4.表假定條件（如果；一…就）。

に	1.表靜態存在地點（在）。 2.表時間定點。 3.表給的對象（給）。 4.歸著點。 5.表變化的結果（變成、成爲）。 6.表動作目的（下接移動性動詞）。 7.表分配的比例、基準（平均）。 8.表被動句中的動作主體（被…）。 9.表使役句中的使役對象（使、讓…）。 10.表狀態（「名詞＋に」有副詞作用）。 11.表並列或添加（和）。 12.夾於兩個動詞間用以加強詞意。
でも	1.列舉其一，暗示其他同類（…什麼的）。 2.即使…也（都）。
ても	即使…也（都）。
や	表名詞列舉（…啦…啦）。
など	表列舉（…等等）。
とか	表列舉（…啦…啦，多用於口語）。
ながら	1.表兩個動作同時進行（一邊…一邊）。 2.表逆接（卻、但是）（＝が）。
へ	表方向。
で	1.表動作場所（下接動態動詞，在）。 2.表原因（因爲）。 3.表使的方法、手段、材料（用）。 4.表範圍（在）。 5.表狀態、動作人數、總共。
にて	1.表動作場所（在、於）（＝で）。 2.表原因（因爲）。 3.表使用的方法、手段、材料（用～、以～）。

も	1.表同類之提示（也）。 2.表列舉（…和…都）。 3.數量詞＋も，用以強調數量之多。 4.接於疑問詞後，肯定句時表示全面肯定，否定句時表全面否定。 5.用否定方式提示一個極端的事例，暗示其他場合一定也是如此。
から～まで	起點～終點（從…到…）。
までに	表期限（～之前）。
より	1.表比較（較～）。 2.表時間、空間之出發點（＝から）。
ぐらい	表大約的數量（大約、左右）。
ほど	1.表大約的數量（大約、左右）。 2.表程度，通常採「～ば～ほど」的句型（越…越…）。 3.表程度，通常採「～ほど～＋ない」的句型（沒有…那麼…）。
ばかり	1.表大約的數量（大約、左右）。 2.表限定而排除其他（光是、老是、只是）。 3.表動作剛結束（剛～）。
しか～ない	只，（採「しか～ない」的形式）。
だけ	只。
のみ	只（＝「だけ」，但多出現於文章）。
けれども	1.表逆接（但是，可是）（＝が）。 2.表逆接（可是、不過，位於句尾，表語氣未完）。 3.承上啓下展開話題。
さえ	1.連…也（都）。 2.只要（採「さえ～ば」的形式）。
すら	連…也（都）。
ずつ	表平均（接數量詞之後；各）。

こそ	1.表強調（才）。 2.正因爲，採「～ばこそ～」的形式。
な	表禁止（禁止、別…）。
か	表疑問、不確定。
よ	1.提醒對方注意。 2.表呼喚。
ね	表確認、徵求對方的意見或同意。

❖ は

提示助詞「は」通常接於名詞（體言）後，以及副詞、或用言的連用形後，就某事物進行敘述用，含有「就…而言」之意，「は」後面的述語爲對此進行具體敘述、說明的部分，「は」有如下用法：

➲ 提示主詞（話題）。

表示話題，該話題爲對話雙方均已知的舊訊息，或是眼前的事物是屬於已知的，因爲已經是對話雙方都知道的事，所以有時候該話題就省略不說。

昨日から雪が降り始めた。雪は今朝も降り続き、30センチも積もった。／昨天開始下雪，雪到到今天早上還在下，已經積雪30公分了。

私は学生です。／我是學生

➲ 用於否定，表加強語氣。

この本は決して高くはない。／這本書絕對不算貴。

➲ 表兩種事物之對比、對照。

鉛筆はあるが、万年筆はない。／有鉛筆但沒有鋼筆。

➲ ～ては、～では，表條件提示（如果…的話）。

お金がなくては何もできない。／沒錢就什麼也不能做。

月に人間がいくことも夢ではない。／人類去月球已非夢想。

❖ が

在句中可以表示主語，還可以表示對象的存在，或表示欲求的對象物。

➲ 現象句的主詞（描寫客觀事實或現象）。

雨が降っている。／正在下雨。

➲ 以疑問詞為主詞。

だれ来ますか。／誰要來？

➲ 條件子句中的主詞。

お金があれば、必ず貸してあげる。／如果有錢一定借給你。

➲ 表喜惡、巧拙、能力、欲望的對象。

新しい車がほしい。／想要新車。

➲ 表有無、存在。

机の上に本がある。／桌上有書。

➲ 「は」和「が」配成大小主詞（「～は～が」）。

彼は母が作った料理を食べている。／他正在吃媽媽做的料理。

➲ 表逆接（但是、可是）。

お金があるが、貸してくれなかった。／有錢卻不借我。

⊃ 表委婉徵求對方同意或回答。

　　すみませんが。／對不起！（請問一下可以嗎）

❖ の

　　用於修飾後面的體言。

⊃ 表所屬，接於兩個名詞之間。／的

　　これは私の本です。／這是我的書

⊃ 表前文所提示名詞之省略（準體助詞、形式名詞）。

　　この面白い本はだれの？／這本有趣的書是誰的呢？

⊃ 表疑問。

　　学校へ行かないの？／不去學校嗎？

⊃ 表委婉的斷定：解釋、說明之語氣。

　　A：明日映画に行きませんか。／明天去看電影嗎？
　　B：残念だけど、明日用事があるの。／很遺憾，明天我有要事。

❖ を

　　可以在句中表示直接受詞，表示動作的對象或表示移動動詞的經過點或
離開起點。

⊃ 構成目的語（下接他動詞）。

　　子供を殴る。／打孩子。

⊃ 表移動經過的地點。

　　私は毎日公園を散歩します。／我每天在公園散步。

➲ 表移動的起點。

　　毎朝8時に家を出て学校へ行きます。／每天早上8點出門上學。

❖ と

　　表示動作的共同者或異同的對象，也可以表示思考、言語的引用內容，或者表示變化的結果，也可以表示假定的條件。

➲ 表「和」、「與」。

　　家族と相談します。／和家人商量。

➲ 表變化的結果（變成、成為）。

　　雨も夜に入って雪となった。／雨到了晚上變成了雪。

➲ 表引用之內容。

　　また会えると思う。／我想還能碰面。

➲ 表假定條件（如果；一…就）。

　　このボタンを押すとドアが開きます。／一押這個開關，門就開了。

❖ に

　　に的用法比較多，可以表示存在的地點、歸結點、動作的對象、時間點、結果、動作目的、分配基準、被動句中的動作主體、使役句中的使役對象、以及表示並列或添加，也可夾於兩個動詞間用以加強詞意，各用法例句如下：

➲ 表靜態存在地點。／在。

　　本は机の上にある。／書在桌上。

⊃ 表時間定點。

夜10時に寝る。／晚上10點睡。

⊃ 表給的對象。／給。

先生にプレゼントを差し上げる。／送給老師禮物。

⊃ 歸著點。

私のところに来てください。／請來我這裡。

⊃ 表變化的結果。／變成、成為。

人口は100万に増えた。／人口增加到了100萬。

⊃ 表動作目的（下接移動性動詞）。

デパートへ買い物に行きます。／到百貨公司買東西。

⊃ 表分配的比例、基準。／平均。

週に一回病院へ通っている。／每週去醫院一次。

⊃ 表被動句中的動作主體。／被⋯。

私は先生に叱られた。／我被老師罵。

⊃ 表使役句中的使役對象。／使、讓⋯。

子供に買い物に行かせる。／讓小孩去買東西。

⊃ 表狀態（「名詞＋に」有副詞作用）。

次にこちらをご覧ください。／下面請看這兒。

⊃ 表並列或添加。／和。

ハンバーグにジュースにサラダをお願いします。／我要漢堡、果汁和
沙拉。

➲ 夾於兩個動詞間用以加強語意。

お待ちに待ったお正月が来た。／望眼欲穿的新年到了。

❖ でも

通常接於體言或名詞片語之後，以及副詞、「が」、「を」以外的助詞、連接助詞和用言連用形之後。

➲ 列舉其一，暗示其他同類（…什麼的）或表明大致範圍。

そんなことは子供にでもわかる。／那種事就連小孩都懂。

➲ 即使…也（都）。

何でもやります。／什麼都做。

❖ ても

接於動詞後，為動詞的て形＋も形成。

➲ 即使…也（都）。

謝っても勘弁しません。／即使道歉也不原諒。

❖ や

接於體言或名詞片語之後，用於部分列舉兩個或兩個以上的事物，暗示上有其他同類事物的存在，通常也用〜や〜や〜など的形式。

➲ 表名詞列舉（…啦…啦）。

ここには本や新聞や雑誌などが置いてある。／這裡放有書籍、報紙和雜誌等。

❖ ながら

接於動詞連用形之後，用於表達兩個動作同時進行，也可作為句子的逆接。

➲ 表兩個動作同時進行（一邊⋯一邊）。

テレビを見_みながら、ご飯_{はん}を食_たべている。／邊看電視邊吃飯。

➲ 表逆接（却、但是）（＝が）。

残念_{ざんねん}ながら、結婚式_{けっこんしき}には出席_{しゅっせき}できません。／很遺憾不能參加你的婚禮。

❖ へ

用法相對比較少，用以表示動作、作用的方向，到達地點（與に相同）。

➲ 表方向。

鳥_{とり}は山_{やま}の方_{ほう}へ飛_とんでいた。／鳥朝山的方向飛去了。

❖ で

非常常用的一個助詞，可以表示動作、作用的場所，材料、手段或工具，原因、理由，狀態、數量等，各用法例句簡單說明如下：

➲ 表動作場所（下接動態動詞，在）。

私_{わたし}は東京_{とうきょう}で生_うまれ、大阪_{おおさか}で育_{そだ}ちました。／我生於東京，長於大阪。

➲ 表原因（因為）。

彼_{かれ}はこの事件_{じけん}で有名_{ゆうめい}になった。／他因這個事件而變有名。

● 表使的方法、手段、材料（用）。

　　日本の酒は米で作る。／日本酒是用酒釀的。

● 表範圍（在）。

　　台湾で一番高い山は玉山（新高山）です。／台灣最高的山是玉山

（日本人也稱新高山）。

● 表狀態、動作人數、總共。

　　三人で話し合う。／三人一起談。

❖ にて

　　和助詞で在某些用法上相通，用以表示動作場所、原因和使用方法、手

段、材料等，在此不再舉例說明。

● 表動作場所（＝で）。／在、於。

● 表原因。／因爲。

● 表使用的方法、手段、材料（＝で）。／用～、以～。

❖ も

　　通常接於體言或名詞片語後，以及副詞、「が」、「を」以外的助

詞、連接助詞和用言連用形之後。此助詞有多種用法，則其要說明如下：

● 表同類之提示。／也。

　　彼は中国語も日本語もできます。／他會中文也會日文。

● 表列舉。／…和…都。

　　木村さんも佐藤さんも私の学生です。／木村和佐藤都是我的學生。

➲ 數量詞＋も，用以強調數量之多。

雨はもう三日も降っています。／雨已經連下三天了。

➲ 接於疑問的詞後，肯定句時表示全面肯定，否定句時表全面否定。

私は甘いものと辛いものと、どちらも好きです。／甜的和辣的，哪一種我都喜歡。

➲ 用否定方式提示一個極端的事例，暗示其他場合一定也是如此。

あの人とは挨拶もしたことがない。／我和那個人連招呼都沒打過。

❖ から～まで

代表時間或地點的起始與終點，用以表達一段空間或時間，から與まで可分開使用，から單獨使用時還可以表示原因。

➲ 起點～終點（從…到…）。

朝から晩まで働く。／從早做到晚。

❖ までに

附在表示時間的名詞或表示事件的短句之後，表示動作的期限或截止時間。

➲ 表期限。／～之前。

来週の月曜日までにレポートを提出してください。／下星期一前請提交報告。

❖ より

用法不多，主要作爲比較的基準，時空範圍的起點，也可當副詞相當於中文的「更」。

➲ 表比較。／較〜。

私は田中さんより高い。／我比田中高。

➲ 表時間、空間之出發點（＝から）。

日本の酒は米より作る。／日本酒是由酒釀成的。

❖ ほど

接於數量詞之後表示大致的數量，但不用於表示時刻、日期等不具時間長短的表達方式，此時需用ごろ。也用於其他固定句型使用。

➲ 表大約的數量（大約、左右）。

水を10ccほど入れてください。／請加入10cc左右的水。

➲ 表程度，通常採「〜ば〜ほど」的句型（越…越…）。

この説明書は読めば読むほど分からなくなる。／這說明書越讀越看不懂。

➲ 表程度，通常採「〜ほど〜＋ない」的句型（沒有…那麼…）。

今年の夏は去年ほど暑くない。／今年夏天沒有去年那麼熱。

❖ ばかり

接於體言或名詞片語、以及用言和助動詞連體形、「が、を」以外的格助詞以及連接助詞「て」之後。

⊃ 表大約的數量（＝ほど）。／大約、左右。

　　三日_{さんにち}ばかり会社_{かいしゃ}を休_{やす}んだ。／有三天左右沒去公司上班了。

⊃ 表限定而排除其他。／光是、老是、只是。

　　うちの子_こは漫画_{まんが}ばかり読_よんでいる。／我家的小孩光看漫畫書。

⊃ 表動作剛結束。／剛〜。

　　さっき着_ついたばかりです。／才剛剛到。

❖ しか〜ない / だけ / のみ

　　三者皆用於提示一件事物而排斥其他事物，相當於中文的「只有」，しか要與否定表達方式一起使用，だけ較為常用，口語不太用のみ，のみ多出現於書面文章。

⊃ 只有。

　　一時間_{いちじかん}しか待_まちません。一時間_{いちじかん}だけ（のみ）待_まちます。／只等一小時。

❖ けれども、けれど、けど

　　けれども、けれど、けど和が之間並沒有什麼語意上的差別，因此，在此不再舉出例句，但けれども、けれど、けど三者都屬於口語，按順序一個比一個口語化，而が則兼用於書面語與口語。

⊃ 表逆接（但是，可是）（＝が）。

⊃ 表逆接（可是、不過，位於句尾，表語氣未完）。

⊃ 承上啓下展開話題。

❖ さえ

通常接於體言或名詞片語、以及副詞、格助詞、連接助詞て或用言的連用形後，主要用於舉出一個極端的實例，類推其他一般性事實。

➲ 連…也（都）。

親友<ruby>親友<rt>しんゆう</rt></ruby>にさえ<ruby>裏切<rt>うらぎ</rt></ruby>られた。／連好朋友都背叛了他。

<ruby>手伝<rt>てつだ</rt></ruby>ってさえくれない。／連幫個忙都不願意。

➲ 只要（採「さえ〜ば」的形式）。

<ruby>貴方<rt>あなた</rt></ruby>さえそばにいてくだされば、ほかに<ruby>何<rt>なに</rt></ruby>も<ruby>要<rt>い</rt></ruby>りません。／只要你在我身邊就好，其他什麼都不要。

❖ すら

通常接於體言或名詞片語以及格助詞後，表示類推或添加。

➲ 連…也（都）。

そんなことは<ruby>子供<rt>こども</rt></ruby>ですら<ruby>知<rt>し</rt></ruby>っている。／那種事連小孩都知道。

❖ ずつ

接於數量詞後，表示將同樣數量分發給每人、或以每次基本相同的數量進行反覆動作的意思。

➲ 表平均。／每…、漸漸地、一點一點地。

<ruby>一人<rt>ひとり</rt></ruby>に三つずつキャンディーを<ruby>上<rt>あ</rt></ruby>げましょう。／給你們每人三顆糖吧。

<ruby>雪<rt>ゆき</rt></ruby>が<ruby>溶<rt>と</rt></ruby>けて、<ruby>少<rt>すこ</rt></ruby>しずつ<ruby>春<rt>はる</rt></ruby>が<ruby>近<rt>ちか</rt></ruby>づいて<ruby>来<rt>く</rt></ruby>る。／積雪融化了，春天的腳步

漸漸接近了。

❖ こそ

　　接於體言或名詞片語後，以及副詞、「が」以外的格助詞、連接助詞和用言的連用形等後，用以強調前面所接的詞。

➲ 表強調。／才是、正是。

　　Ａ：宜<ruby>宜<rt>よろ</rt></ruby>しくお願<ruby>願<rt>ねが</rt></ruby>いします。Ｂ：こちらこそ（宜<ruby>宜<rt>よろ</rt></ruby>しく）。／Ａ：請多多關照。Ｂ：哪裡哪裡（我才要請您多多關照）。

➲ 正因爲，採「～ばこそ～」的形式。

　　体<ruby>体<rt>からだ</rt></ruby>が健康<ruby>健康<rt>けんこう</rt></ruby>であればこそ、つらい仕事<ruby>仕事<rt>しごと</rt></ruby>もやれるのだ。／正因爲身體健康才能夠作繁重的工作。

　　泳<ruby>泳<rt>およ</rt></ruby>ぎ方<ruby>方<rt>かた</rt></ruby>を知<ruby>知<rt>し</rt></ruby>っていればこそ助<ruby>助<rt>たす</rt></ruby>かったのです。／正因爲懂得游泳的方法才得救的。

❖ な

　　接於用言終止形後，用於口語表示禁止，女性一般不用，男性也不能用於長者。

➲ 表禁止。／禁止、別…。

　　話<ruby>話<rt>はな</rt></ruby>すな。／別講話。

第二節　助詞辨異

　　有些助詞很容易彼此搞混，有些句子的助詞使用錯誤也不會影響對文章的了解，但有些時候若使用錯助詞時，其意義就全然不同了。例如：

　　あそこで何<ruby>何<rt>なに</rt></ruby>があるんですか。（那裡有什麼活動呢？）

　　あそこに何<ruby>何<rt>なに</rt></ruby>があるんですか。（那裡有什麼東西呢？）

　　以下以比較性的方式介紹這些容易混淆助詞的差異。

一　は、が

　1.兩者欲傳達的訊息重點不同。

　は：欲傳達的訊息 在述語。

　が：欲傳達的訊息 在主詞。

　　例：田中君<ruby>田中君<rt>たなかくん</rt></ruby>は 3時<ruby>時<rt>じ</rt></ruby>に来<ruby>来<rt>く</rt></ruby>る。田中君<ruby>田中君<rt>たなかくん</rt></ruby>が 3時<ruby>時<rt>じ</rt></ruby>に来<ruby>来<rt>く</rt></ruby>る。（田中3點來）

　　兩句中文意思相同，但說話者欲表達的訊息不同，前者強調3點來，後者強調是田中要來。

　2.在複文中，母句的主語用「は」，子句主語用「が」，有大小主語且
　　小主語為大主語的一部分時，大主語用「は」，小主語用「が」。

　　例：私<ruby>私<rt>わたし</rt></ruby>は子供<ruby>子供<rt>こども</rt></ruby>が画<ruby>画<rt>か</rt></ruby>いた絵<ruby>絵<rt>え</rt></ruby>を見<ruby>見<rt>み</rt></ruby>た。（我看小孩子畫的畫） 我看畫而畫
　　　是小孩畫的。

　　　私<ruby>私<rt>わたし</rt></ruby>は頭<ruby>頭<rt>あたま</rt></ruby>が痛<ruby>痛<rt>いた</rt></ruby>い。（我頭痛）※日文不說成「私<ruby>私<rt>わたし</rt></ruby>の頭<ruby>頭<rt>あたま</rt></ruby>が痛<ruby>痛<rt>いた</rt></ruby>い。」

　　我頭痛本身的意思雖然是我的頭痛，但日文中並不能用「私の頭が痛い。」，因為頭（小主語）是主語我（大主語）的一部分，雖然這是文法的說明，但根本來說就是習慣的用法，對日本人說「私の頭が痛い」，日本人

還是會了解你的意思，不過日本還是習慣用「私は頭が痛い」。

3.表示對比時用「は」。

例：ワインは飲むが、ウイスキーは飲まない。（喝紅酒但不喝威士忌）

例子中的が為逆接（却、但是）的意思。

4.表示感情、能力等對象用「が」。

例：私は車がほしい。（我想要車）

（二）　が、を

が：動作的主詞。

を：及物動詞的受詞。

例：私が犬を嚙む。（我咬狗）
　　私を犬が嚙む。（狗咬我）

（三）　で、に

で：動作的場所或舉行活動的場所。

例：教室でお弁当を食べる。（在教室吃便當；動作的場所）
　　体育館で入学の説明会がある。（在體育館有入學說明會；舉行活動的場所）

に：存在的場所即表示狀態的場所。

例：教室にお弁当がある。（教室有便當；存在的場所）
　　庭に花が咲いている。（院子裡開著花；表示狀態的場所）

（四）　を、に

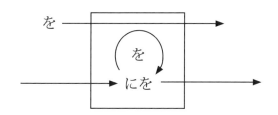

を：起點、通過點、移動範圍。

に：到達點。

例：1時のバスに（到達點）乗る。（搭1點的巴士）

　　公園前で（動作場所）バスを（起點）降りて、公園を（移動範圍）散歩する。（在公園前下車，然後在公園內散步。）

（五）　に、と

に：動作的對象。

と：一起動作的對象。

例：子供にピアノを教える。（教小孩鋼琴；教鋼琴的對象）

　　私は慶子さんと結婚する。（我要和慶子結婚；一起動作的對象）

有些在中文翻譯上是相同的，但實際上卻帶有不同的意義。

例：先生に会う。（去見老師；我 ⇨ 老師）

　　友達と会う。（和朋友見面；我 ⇔ 朋友）

快速讀懂日文資訊（基礎篇）──科技、專利、新聞與時尚資訊

㊅ から、に

から：事物的起點。

に：事物的歸著點。

例：財布からお金を出す。（從錢包拿出錢）

　　財布にお金を入れる。（把錢放進錢包）

「把錢放到錢包裡」，就錢而言其歸著點在錢包，也是錢的到達點，也是錢最後存在的地方和狀態，因此用哪一個來解釋都是一樣的。

㊆ に、で、から

に：動作之目的。

で：原因、手段方法、材料。

から：原料。

例：デパートへ買い物に行く。（去百貨公司買東西；目的）

　　事故で電車が止まっている。（由於事故，電車停止；原因）

　　バスで学校へ行く。（坐巴士去學校；手段方法）

　　紙で人形を作る。（用紙做人偶；材料）

　　日本酒は米から作る。（日本酒是米釀的；原料）

に、から、まで、までに、で

八　表示時間的助詞

から：時間的起點。　　　まで：時間的終點。

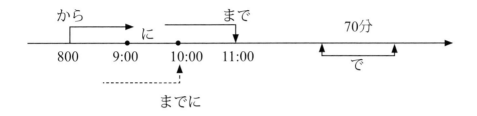

に：時間點。までに：時間的期限。で：時間的限度。

註：帶有一段時間意思的時間詞不需使用助詞，如先週（せんしゅう）、けさ、来月（らいげつ）、いつ等。

例：授業（じゅぎょう）は9時（じ）に始（はじ）まる。（課9點開始）

雨（あめ）が朝（あさ）から夜（よる）まで降（ふ）っていた。（雨從早下到晚）

25日（にち）までに申込書（もうしこみしょ）を出（だ）してください。（請在25號前繳交申請書）

あと5分（ぶん）で試験（しけん）が終（お）わる。（還有5分考試結束）

来週（らいしゅう）　皆（みんな）で旅行（りょこう）に行（い）く。（下星期大家一起去旅行）

　　以上說明了各種助詞的基本用法及類似助詞間的差異，讀者可以發現同一個助詞的用法及語意並不是單一的，在不同的句子所代表的意思可能不同，這也是初學者最困擾的地方，不過只要持之以恆，多多練習多多閱讀就可慢慢體會日文助詞的奧妙，接下來就是學習日文的第三難關「活用」，從第一章表4.單語的品詞分類語說明，具有活用的品詞有動詞、形容詞和形容動詞（合稱用言）以及助動詞四種，本書將活用分為兩個章節說明，第五章先說明「動詞活用」，第六章說明其他品詞的活用。

快速讀懂日文資訊（基礎篇）──科技、專利、新聞與時尚資訊

✐ 練習

1.想想看第一章的例文中，各個句子中的助詞分別代表的意思爲何？

（請參閱表5），這題若覺得太難，可等全書看完後再練習。

2.請將下列的例句塡入適當的助詞。

(a)先生（　）教室（　）います。

(b)私（　）本（　）読んでいます。

(c)貴方（　）本（　）子供（　）上げる。

(d)学校（　）行って勉強します。

(d)野菜（　）一山（　）百円です。

(e)友達（　）喧嘩しました。

(f)席（　）座ってくっださい。

(g)先輩（　）答え（　）聞きました。

(h)一人（　）一枚（　）取ってください。

(i)今度（　）は本物です。

(j)暑いです（　）、クーラー（　）付けてください。

(k)日本語（　）難しいです（　）、面白いです。

(l)熱い物（　）飲みます（　）、冷たいもの（　）飲みません。

3.以下是選自福娘童話集中桃太郎的故事，請將空格的助詞塡入，

むかしむかし、あるところ（　）、おじいさんとおばあさん（　）

住んでいました。おじいさん（　）山へ芝刈に、おばあさん（　）

川（　）洗濯（　）行きました。おばあさん（　）川（　）洗濯

（　）している（　）、大きな桃（　）流れてきました。

「おや、これは良いおみやげになるわ」

おばあさんは大きな桃（　）拾い上げて、家（　）持ち帰りました。そして、おじいさん（　）おばあさんが桃（　）食べよう（　）桃を切ってみる（　）、なんと中（　）元気の良い男の赤ちゃん（　）飛び出してきました。

「これはきっと、神さま（　）くださったにちがいない」

子どものいなかったおじいさんとおばあさんは、大喜びです。桃（　）生まれた男の子（　）、おじいさんとおばあさんは桃太郎（　）名付けました。桃太郎はスクスク育って、やがて強い男の子（　）なりました。そしてある日、桃太郎（　）言いました。

「ぼく、鬼ヶ島（　）行って、悪い鬼（　）退治します」

おばあさん（　）黍団子（　）作ってもらう（　）、鬼ヶ島（　）出かけました。旅の途中（　）、犬（　）出会いました。

「桃太郎さん、どこ（　）行くのです（　）？」

「鬼ヶ島（　）、鬼退治（　）行くんだ」

「それでは、お腰（　）付けた黍団子（　）１つ下さいな。お伴しますよ」

犬は黍団子（　）もらい、桃太郎のお伴になりました。そして、こんどは猿（　）出会いました。

「桃太郎さん、どこ（　）行くのです（　）？」

「鬼ヶ島へ、鬼退治（　）行くんだ」

「それでは、お腰（　）付けた黍団子（　）１つ下さいな。お伴し

ますよ」

そしてこんどは、雉（　）出会いました。

「桃太郎さん、どこ（　）行くのです（　）？」

「鬼ヶ島へ、鬼退治に行くんだ」

「それでは、お腰に付けたきび団子を１つ下さいな。お伴します

よ」

こうして、犬、猿、雉の仲間（　）手（　）入れた桃太郎は、つい

に鬼ヶ島（　）やってきました。

5　動詞及其活用

　　本章將學習日文的第三難關「活用」，日文中有很多品詞（動詞、形容詞、助動詞、形容動詞等）都是具有活用的，而活用最複雜也最多的當屬動詞，學習日文者在此階段放棄者屬大多數，但若過了此關，日文的學習可就向前跨了一大步，本書將活用分爲兩章來說明，本章先說明「動詞活用」，第六章再說明其他品詞的活用。動詞是表示事物之動作、作用、狀態之單語，首先先說明何謂活用，「吃（食べる）」是一個動詞，而這個動詞可以變化出很多不同的意思或形態，例如：吃（食べる；食べます）、想吃（食べたい）、請吃（食べてください）、吃吧（食べよう）、正在吃（食べている）、吃了（食べた）、不吃（食べない），這樣的例子說明了中文用不同的輔助詞來說明吃的各種意思和型態，日文則是用活用來表達，雖然日文的活用很多，學起來很痛苦，但反過來日本人若要學中文，要表達吃的不同意思或型態也是要學很多的用法，所以不是日文難學而已，中文對外國人來說也很難學，所以不要容易地放棄學習，不管哪一種語言都是要花時間和精力去學習的，以上說明了活用的重要性，要了解動詞的活用首先要了解日文動詞本身的特性及分類，之後才能進入活用的階段，去了解各種活用的時機和場合以及如何使用。

　　首先必須先克服「日文的動詞很難」這種錯誤的想法，因爲日文的動詞

快速讀懂日文資訊（基礎篇）──科技、專利、新聞與時尚資訊

變化非常有規律，只有少數幾個特殊例子，比英文的不規則動詞容易多了。學習者之所以會覺得難，可能是因爲我們中文是完全沒有動詞變化的，所以遇上任何有動詞變化的語言也覺得難，但如前所述，外國人也會覺得學中文很難，尤其是四聲的發音，所以讀者不應該把日文動詞的活用視爲毒蛇猛獸，應該多接觸，自然而然就會覺得其實日文動詞的活用很簡單的。

在進入動詞學習前先說明日語五十音中的行與段，請看表6。

表6　五十音的行與段

	あ行	か行	さ行	た行	な行	は行	ま行	や行	ら行	わ行	
あ段	あ	か	さ	た	な	は	ま	や	ら	わ	ん
い段	い	き	し	ち	に	ひ	み		り		
う段	う	く	す	つ	ぬ	ふ	む	ゆ	る		
え段	え	け	せ	て	ね	へ	め		れ		
お段	お	こ	そ	と	の	ほ	も	よ	ろ	を	

五十音只有ん不在行段的分類中，行是以子音相同者定義，段是以母音相同定義，所以や行只有3個假名，わ行只有2個假名，其中比較值得注意的是う段，所有日文的動詞都是以う段音爲結尾。

第一節　動詞的分類

以動詞的位置來看，日語是屬於「S.O.V」模式的語言，這與中英文的「S.V.O.」模式是相反的，日文的動詞有一些特有的特點：

1. 任何一個動詞皆可分爲語幹和語尾，除了不規則動詞する（す爲語幹，る爲語尾）外，語幹爲不能活用固定的部分（大多爲漢字的部分），語尾則是活用時會變化的部分。

2. 日文動詞基本外形的語尾都是/u/音結尾的。

3. 動詞會發生「活用」，也就是會發生變化，不同類的動詞其活用方式也不同。

4. 按照語意可分類爲「自動詞」與「他動詞」兩種；一個動詞的語意如果是可以有受語的稱爲「他動詞」，不可有受語的稱爲「自動詞」。

5. 動詞跟「て」、「ても」等助詞結合可衍生出許多句型。

6. 動詞跟不同的助動詞結合可以表示出不同的時態和多種語意，例如肯定、否定、過去、推論、被動、使役等。

7. 動詞可依外形分爲三大類，分別爲「五段動詞」、「一段動詞」、及「不規則動詞」；或將「一段動詞」再細分爲「上一段動詞」及「下一段動詞」，「不規則動詞」再細分爲「力變」「サ變」而成五大類。不同的文法書或字典使用的動詞分類和名稱也不同，動詞分類對照表如下：

第一型（五種類型）	第二型（三種類型）	
五段活用動詞	五段動詞	第一類動詞（Ⅰ）
上一段活用動詞	一段動詞	第一類動詞（Ⅱ）
下一段活用動詞		
力行變格動詞（力變）	不規則動詞	第一類動詞（Ⅲ）
サ行變格動詞（サ變）		

快速讀懂日文資訊（基礎篇）──科技、專利、新聞與時尚資訊

　　本書主要採用比較簡便的三種類型「五段動詞」、「一段動詞」、及「不規則動詞」的說法，因為分類比較簡單而且符合動詞分類的外型分類（詳述於後），方便學者記憶。

一　外形分類

　　日文的動詞共分為五段動詞、一段動詞（上一段動詞、下一段動詞）、及不規則動詞（カ變、及サ變）三類動詞，各類動詞的活用變化有特定的規則，因此必須先了解動詞的分類，之後便能根據各種類型的變化規則進行活用（語尾變化）。每一類動詞的語尾都是/u/音結尾的，因此就日語的動詞語尾不外乎為「う、く、ぐ、す、つ、ぬ、ふ、ぶ、む、る（沒有ゆ結尾的動詞）」這10個音，簡單的分類標準為語尾不為「る」音則為五段動詞，亦即語尾為「う、く、ぐ、す、つ、ぬ、ふ、ぶ、む」的動詞即為五段動詞，若語尾為「る」音則依「る」音的前音判斷，若「る」音的前音為/i/音則為上一段動詞（亦即～/i/+る之外形），若為/e/音則為上下一段動詞（亦即～/e/+る之外形），否則就是五段動詞，但「走る」、「入る」、「帰る」、「握る」、「滑る」、「喋る」…等語尾「る」的前音雖為/i/或/e/音，但/i/或/e/音在漢字之內（即漢字的音又稱振り仮名），此類動詞不多，都是「漢字+る」型態且漢字的假名都有2個音（含）以上，亦屬於五段動詞，比較麻煩的是「漢字+る」型態中漢字的假名只有1個音的動詞；而カ變動詞只有「来る」（因為「くる」的「く」屬於「か」段）這個單字，サ變動詞則是「漢字+する」（因為「する」的「す」屬於「さ」段）所構成的動詞。

以上由動詞外型簡單判斷動詞分類的標準，如前所說文法是歸納的結
果，所以一定會有例外，動詞的分類依外型來分也是一樣有例外，因此還是
必須以字典所查到的分類爲準，例外的動詞如下：

　　　上一段動詞外形的五段動詞有：要る、炒る、煎る、切る、知る、
　　　　　　　　　　　　　　　　　　散る、着る

　　　下一段動詞外形的五段動詞有：獲る、蹴る、選る、競る、照る、
　　　　　　　　　　　　　　　　　　練る、減る、得る

　　以上說明動詞分類的方法，不規則動詞只有「来る」、「する」兩個動
詞，其他不是五段動詞就是一段動詞，因此以下列表整理動詞的分類判斷方
式如表7。

💻 表7　五段動詞和一段動詞的分類判斷方式

不規則動詞：「来る」、「する」。 五段動詞：1.～+非る末音，～+/a/、/u/或/o/音+る。 　　　　　2.「 漢字 +る」型態且漢字爲雙音（含）以上。 一段動詞：1.～+/i/或/e/音假名+る。 　　　　　2./i/或/e/單音+る。
例外：一段動詞外型之五段動詞有（15字）： 要る、炒る、煎る、切る、知る、散る、着る（上一段形）。 獲る、蹴る、選る、競る、照る、練る、減る、得る（下一段形）。

✍ 練習

1.請判斷下列動詞屬於五段、一段、不規則動詞中的哪一類動詞？

　(a)泣く　　(b)喜ぶ　　(c)怒る　　(d)悲しむ　　(e)楽しむ

　(f)運動する　(g)飛ぶ　　(h)起きる　　(i)食べる　　(j)飲む

　(k)聞く　　(l)見学する　(m)買い物する　(n)来る　　(o)踊る

　(p)咲く　　(q)育てる　　(r)寝る　　(s)吸う　　(t)落ちる

　(u)歌う　　(v)休む　　(w)貼る　　(x)持つ　　(y)待つ

　(z)勉強する

2.請翻一翻日文辭典，找找看動詞的解釋上，除了意思的解說及例句

　外，如何表示它的詞性？

語意分類

　　動詞除了外形之外，還可以按照語意分類為「自動詞」與「他動詞」，相當於學習英文時的「不及物動詞」與「及物動詞」，一個動詞的語意如果需要有受語的動詞就叫做「他動詞（及物動詞）」，例如「食べる（吃）」本身無法完全表達語意，必須加上「受語」才能表達完全，而「他動詞」與「受語」之間的關係，用助詞「を」來表示，如「ご飯を食べる」；不需要有受語的動詞就叫做「自動詞（不及物動詞）」，例如「泳ぐ（游泳）」本身的語意就已經能完全表達，因此不需使用受語，有些字詞的意思很難分出是「自動詞」或「他動詞」，在日文中同樣的中文意思卻存在「自動詞」與「他動詞」兩種動詞，但讀音是不同的，有時是漢字的讀音不

同，有的是語尾不同，例如中文的「開」，若是表達「開窗」，那就是他動詞，因為存在「窗」這個受語，若是表達「窗開著」，那就是自動詞（表示一個狀態而不是一個動作），因為不存在受語，在日文中則分別以他動詞「開ける」和自動詞「開く」來表示成「窓を開ける」和「窓が開いている（【開く】的て形+いる表示狀態）」。日文的他動詞與自動詞沒有特別的形式與規則，無法以外形來判斷是自動詞還是他動詞，因此只能查字典，含有中文「開」的意思的日文除了上述的「開ける」和「開く」外還有各種動詞，如「開く」、「開ける」等動詞，有些動詞其自動詞和他動詞是同一型態者，此時可用助詞來區別，例如「吹く」是自動詞也用法是「他動詞」，「風が吹く」為自動詞用法，「笛を吹く」為他動詞用法。

　　以上的解說只希望讀者能了解日文中有這樣「自動詞」與「他動詞」的概念，由於自動詞與他動詞無法直接從文字上判斷，所以僅能死記，但有些書籍會彙整一些判斷的規則，但光記規則也讓讀者有夠受的了，在此提供幾個個人經驗的簡單判斷方式，因為是個人的經驗，所以可能不完全正確，請讀者注意，也請讀者驗證看看，讀者只要多看多查字典，應該也會慢慢會對自動詞與他動詞有所感覺的，個人經驗判斷規則如下，法則皆<u>以具有自動詞和他動詞對的動詞組而言</u>：

　　1.自動詞和他動詞語尾皆為「る」的動詞：語尾「る」前的假名音為/a/者為自動詞，語尾「る」前的假名音為/e/者為他動詞。

　　　例如：上がる（自）／上げる（他）。

　　2.自動詞語尾非「る」而他動詞語尾為「る」的動詞組的關係，可將自動詞語尾的假名音的/u/音改為/e/音後加語尾「る」的就是他動詞。

例如：進む／進める和開く／開ける的動詞組把語尾非「る」的自動詞「む」和「く」尾音/u/音改爲/e/音加語尾「る」成爲他動詞的尾音「める」和「ける」。

3.語尾分別爲「る」和「す」結尾的動詞對，語尾「る」的動詞爲自動詞，語尾爲「す」的動詞他動詞。

例如：燃える（自）／燃やす（他）、散る（自）／散らす（他）。

4.語尾分別爲非「る」和「す」結尾的動詞組關係，可將自動詞語尾的假名音的/u/音改爲/a/音後加語尾「す」的就是他動詞。例如：動く／動かす和驚く／驚かす的動詞組把語尾非「る」的自動詞「く」尾音/u/音改爲/a/音加語尾「か」加語尾「す」成爲他動詞的尾音「かす」。

以上的規則在於已知自動詞和他動詞的動詞組，但不知道哪一個是自動詞、哪一個是他動詞時才適用，以上的規則是否合用所有的自動詞和他動詞的動詞組必須經過語言學者專家的確認才知道，不過本人的經驗是還算準確，以上規則僅供讀者參考。

最容易了解和記憶自動詞和他動詞的方式還是常看文章，自然而然就會知道助詞用「が」還是「を」，也就知道它是自動詞還是他動詞了，所以只要常用或記住幾個例句，很容易就可以了解該字的詞性了，至於每個動詞的意思和用法，最好的方式就是查字典，字典上都有詳細的記載與說明，於此不再贅述。

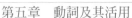

✐ 練習

3.請查出下列動詞哪些是自動詞哪些是他動詞。

開く、開ける、閉める、閉じる、閉まる、吹く、建つ、建てる、変える、変わる、貸す、借りる、出す、出る、掛ける、掛かる、止まる、止める、止める、飛ばす、飛ぶ、教える、教わる、入る、入れる、増す、割る、割れる、渡す、渡る、回る、回す、落ちる、落とす、上がる、上げる、下がる、下げる、壊す、壊れる、沸く、沸かす。

4.請試著找出其他相對應的自動詞與他動詞的動詞組。

5.請填入適當的助詞於下列句中並將句子翻譯成中文意思。

(a)財産（　）残す。財産（　）残る。

(b)凧（　）揚げる。凧（　）揚げる。

(c)鳥（　）飛ぶ。鳥（　）飛ばす。

(d)水（　）沸かす。水（　）沸く。

(e)人（　）増える。人（　）増やす。

(f)竹（　）折れる。竹（　）折る。

(g)家（　）倒れる。家（　）倒す。

(h)水（　）増す。水（　）増す。

二　複合動詞

「複合動詞」就是指兩個動作所結合而成的動詞，結構上以【他動詞+

快速讀懂日文資訊（基礎篇）──科技、專利、新聞與時尚資訊

他動詞】、【自動詞+自動詞】為多，【他動詞+自動詞】、【自動詞+他動
詞】為少，有些複合動詞並沒有被列在字典上，複合動詞有些則是有被列在
字典上，動詞的詞性原則上以後項動詞的詞性為主，在語意上有前項動詞補
助說明後項動作意思的複合動詞，但也有後項的動詞補助說明前項動詞的複
合動詞，此類複合動詞的後項動詞類似於補助動詞。此類後項動詞很多，大
致可以分成五大類，分別為外觀樣態、方向、強調程度、相互作用、及其
他。

1.<u>外觀樣態</u>：如 始める、出す、かける、かかる、続ける、終える、終わ
る、あがる、あげる、やむ。

2.<u>方向</u>：如出す、出る、込む、込める、入れる、入る、降りる、降ろす、
落ちる、落とす、付く、付ける、渡る、返る、返す。

3.<u>強調程度</u>：如込む、抜く、尽くす、果てる、立てる。

4.<u>相互作用</u>：如合う、合わせる。

5.<u>其他</u>：如過ぎる、間違う、忘れる、直す。

　　在日文複合動詞的構成上前項動詞以ます形表示，即「複合動詞」的構
成方式為【前項動詞連用形（ます形）+後項動詞辭書形】。ます形為動詞
的第二變化活用（詳細請參閱本章第二節～第五節說明），簡單說明ます形
規則摘錄如下：

五段動詞：語尾的/u/音改為/i/音）
一段動詞：去除語尾的る
不規則動詞：来る改為来，する改為し

以下為複合動詞的簡單例子，和中文是不是很像？只是中文不需要有變化：

〔他+他〕書き直す（重寫）；言い出す（說出）。

〔自+自〕動き回る（四處繞）；寢返る（睡覺翻身）。

〔他+自〕噛み付く（咬住不放）；届け出る（提出）。

〔自+他〕乗り換える（轉乘）；怒り出す（發起脾氣）。

✎ 練習

6.請想想下列複合動詞是如何形成的，並想想其中文意思為何？

(a)食べきる　　(b)話し合う　　(c)乗り込む　　(d)打ち上げる

(e)追い越す　　(f)貸し出す　　(g)立ち上がる　(h)書き直す

(i)取り返す　　(j)見慣れる　　(k)引き受ける　(l)払い戻す

(m)呼びかける　(n)振り返る

7.中文裡也有類似複合動詞的用法，想想看有哪些？日文又該怎麼說？

（四）　助動詞與補助動詞

所謂的「助動詞」是為了要傳達更細膩的訊息，往往在動詞後面需要銜接不同的單語才能達成任務，此類的單語稱為「助動詞」，而動詞接「助動詞」時，不同的「助動詞」所銜接不同類型的動詞需做不同的變化（即動詞的活用）。

「補助動詞」並不是動詞大分類下的類別，主要是接在「動詞+て」

（或稱て形，具有音便的特性，其音便情形詳見表10）的後面，主要是發揮輔助前面動詞語意的功用，正式寫法以假名爲原則不寫漢字，例如：

「食べている」（〜ている：指動作正在進行）

「書いてある」（〜てある：指動作結果的存續）

「買っておく」（〜ておく：指預先的動作）

「作ってくれる」（〜てくれる：指別人爲我做的動作）

「説明してもらう」（〜てもらう：要別人爲我做的動作）

「いる（存在）」、「ある（有）」、「おく（放置）」、「くれる（別人給我）」、「もらう（我從別人處得到）」等動詞作爲「補助動詞」的功用時，本身原本的意思轉弱了。

　　然而補助動詞不單指以上所列的幾個，而以上幾個是常見的補助動詞，讀者只須具備這樣的觀念，等遇到其他的補助動詞時，再一個一個慢慢學習，學習是漫長的、是日經月累的，有了基礎以後學習就可以循序漸進，更多的補助動詞與用法可以在文法書中找得，待讀者有一定程度，想繼續深入學習時，強烈建議購買黑潮出版社出版、砂川有里子等所箸之「日本語文型辞典」，該書中有各種類型的句型及用法說明，很適合想精進日文能力者，有中文版與日文版可供選購，讀者可以照個人能力購買適合的版本，若學習的時間許可，本人建議用日文版本會對學習更有幫助，而由授受動詞形成的「〜てあげる」／「〜てくれる」／「〜てもらう」的補助動詞用法及觀念相當重要，將於本章第七節授受動詞與其衍生之補助動詞再介紹。

第二節　動詞活用的基礎概念

　　「活用」就是外形的變化，主要是配合「用言」（包括動詞、形容詞、形容動詞）所要表達的語意而發生的，中文在表達不同的語意時，會加上其他補助詞語，例如表示否定時是在動詞前加上「不」（例如：我不吃），表示過去時是在動詞之後加上「了」（例如：我吃了），表示完成時在動詞之後加上「完了」（例如：我吃完了），而日文則是以活用的方式來表達這些語意。動詞的活用如表8一共有六變化及多種形態（一般文法書不含使役及被動型態，故歸爲七形態，使役及被動型態一般認爲是未然形接使役助動詞（せる、させる）與被動助動詞（れる、られる）而成，本書認爲可以放在一起學比較容易，這個表格清楚說明了六種變化及各種變化的使用型態，其中第一變化包含「意量形」和「否定形」，有些文法書也包含「使役形」和「被動形」，不同的文法書籍也會有不同的稱呼，「意量形」和「否定形」又可分別稱作「意向形」和「ない形」，在日本針對外國人的學習者習慣採用後者的稱呼法，在此必須強調不同的文法書的分類有些也有些許的不同，但原則上大致用法相同，只要以固定的一本文法當作自己學習的方法即可。

快速讀懂日文資訊（基礎篇）──科技、專利、新聞與時尚資訊

💻 表8　動詞活用表

變化	文法稱呼		其他稱呼
第一變化	未然形	意量形	意向形
		否定形	ない形
	使役形		使役形
	被動形		被動形
第二變化	連用形		ます形／て形／た形
第三變化	終止形		辭書形／常體（普通體）
第四變化	連體形		辭書形（長句形）
第五變化	假定形		條件形
第六變化	命令形		命令形

　　第二變化又稱爲連用形，包含有ます形、て形和た形，ます形所指的就是平常初學者所學的禮貌形，て形可以有很多用法，如前一節所述做爲助動詞去連接補助動詞用，也可做爲中止形（句子太長稍作停頓使用），動作的接續以及原因說明等，詳細使用情形後再詳述，た形指的就是過去式，此外還可接續各種接續詞形成各種句型。

　　第三變化又稱爲終止形，係可作爲句子結束的一種型態，包含辭書形和普通形，辭書形指的就是在字典中所查到的是這個型態（原形），所有的變化都由此形來變，普通形則是比較於ます形得說法，是一般朋友間的口語用法，或是文章寫作時的用法。

　　第四變化又稱爲連體形，形式上與第三變化的終止形沒有太大的差別，但是第三變化後面是不再接任何語詞，作爲句子的結束，但第四變化的連體形則是後面可以再銜接體言（名詞、代名詞等），可以把句子變長，是

構成長句非常重要的動詞變化。

　　第五變化又稱爲假定形，又可稱爲條件形，顧名思義就是假定某種情形時所使用，就是中文中的「如果…的話」。

　　第六變化又稱爲命令形，顧名思義就是用於命令的語氣。

　　不同類型的動詞在活用時，其變化也會有不同，以下分別就五段動詞、一段動詞（包含上一段動詞及下一段動詞）、及不規則變化動詞（包含カ變（来る）及サ變（する））動詞的活用加以說明。在此須先說明此類表格的讀法及意義，以第二變化來說明此類表格的意義，「第二變化連用形之後可以連接（ます形／て形／た形）」，就ます形而言，也可以說「若要使用鄭重的表示需使用ます形而其動詞變化需使用連用形」，千萬不要誤認爲是「第二變化連用形之後一定要連接ます形」，因此此類表格是表達哪個型態（或連接的助動詞）需使用哪一種活用形與其相接，在常用基本句型中會有更詳細的解說，這是很重要的文法規則，讀者必須花時間確實了解。

　　初學者剛開始學時，是以動詞活用中的第二變化連用形的ます形做爲學習對象，所以很多學習者在學習活用時就搞混了，最基本的還是字典中出現的辭書形，其他的變化在字典裡是找不到的，所以各種變化的規則必須詳細記住，由於蠻有規則性的，所以應該不是問題，只是數量較多造成學習上容易放棄，希望讀者能耐心的學習。

✎ 練習

1.一般初學者所學的ます形是動詞的第幾變化？

2.日文字典中能查到的動詞是第幾變化？

第三節　五段動詞的活用

　　五段動詞的外形具有以下兩種特色之一都是五段動詞的判斷基礎，一是動詞尾音為「る」以外之音者，二是動詞尾音為「る」且「る」的前音不是/i/音也不是/e/音者，五段動詞的活用如表9所示。

🖥 表 9　五段動詞活用表

變化	活用形（語尾音變化）		話す	笑う	接續詞
第一變化	未然形	意量形（/u/→/o/）	話そ	笑お	う
		否定形（/u/→/a/）	話さ	笑わ	ない / ぬ / ん / ず
		使役形（/u/→/a/）	話さ	笑わ	せる
		被動型（/u/→/a/）	話さ	笑わ	れる
第二變化	連用形（/u/→/i/）+音便		話し	笑い 笑っ	ます て / た（音便）
第三變化	終止形（/u/）		話す	笑う	結尾 / 助詞 / 助動詞
第四變化	連體形（/u/）		話す	笑う	名詞 / ようだ / の / ので / のに
第五變化	假定形（/u/→/e/）		話せ	笑え	ば
第六變化	命令形（/u/→/e/）		話せ	笑え	X

從表格中可以發現，這一類動詞在發生活用（六變化時）時，各活用形語尾音的變化落在五十音行段區分中（請參閱表6）同一行的五個音，因此此類動詞稱爲「五段動詞」。

　　第一變化的意量形是將語尾/u/的音改爲/o/的音後再加上「う」，語尾的/o/音與加上的「う」連在一起聽起來就變成像是變成長音一般，否定形、使役形、及被動型則是將語尾/u/的音改爲/a/的音後，分別加上「否定的接續語（ない／ぬ／ん／ず）」、「せる」、「れる」，針對語尾爲「う」的動詞而言，依活用的原則應該換爲「あ」分別變爲「あない」、「あせる」、「あれる」，但爲了發音自然，則是將語尾的「う」改爲「わ」來呈現，而變成「わない」、「わせる」、「われる」，這是規則中的規則，希望讀者特別記住。

　　第二變化中的「ます」連用形，是將語尾/u/的音改爲/i/的音後再加上「ます」，「ます」形是禮貌性的表示用法，是初學者在課本上一開始就會學的一種變化形，而當接續「て／た」使用時將會產生「音便」，音便可分爲「促音便」、「イ音便」、及「鼻音便」三種，由於動詞必爲/u/音，而且從五十音表中可知含/u/音者爲「う、く、す、つ、ぬ、ふ、む、ゆ、る（含其濁音）」，而日文中並無ゆ結尾的動詞，因此五段動詞從中除了「話す」等以「～す」音爲語尾音的字變爲「～して／た」之外，語尾爲「う、く、つ、ぬ、ふ、む、る（含其濁音）」之動詞都會產生音便，所有的動詞中整理出共有「う、く、ぐ、つ、ぬ、ぶ、む、る（含其濁音）」八個語尾音的動詞，其中有清音「く」和濁音「ぐ」，「ぬ」的音只有「死ぬ」一個動詞，沒有清音「ふ」但有濁音「ぶ」，將此八個語尾音分爲「う、つ、

快速讀懂日文資訊（基礎篇）──科技、專利、新聞與時尚資訊

る」、「く、ぐ」和「ぬ、ぶ、む」三類，其音便分別稱爲「促音便」、「イ音便」及「鼻音便」三種，「五段動詞」之音便規則整理如下表10所示。

📖 表 10　音便規則及例詞

音便	語尾音	動詞例	て形	た形
促音（っ）便	う	言う	言って	言った
	つ	立つ	立って	立った
	る	売る	売って	売った
イ音（い）便	く	書く	書いて	書いた
	ぐ	泳ぐ	泳いで	泳いだ
鼻音（ん）便	ぬ	死ぬ	死んで	死んだ
	ぶ	遊ぶ	遊んで	遊んだ
	む	読む	読んで	読んだ

て形與た形的音便規則是相同的，因此只須了解其中之一個變化規則即可，以下以て形的音便做說明，「う、つ、る」的「促音便」是將語尾的「う」、「つ」、「る」的音變成「って」，「く、ぐ」的「イ音便」是將語尾的「く」、「ぐ」的音分別變成「いて」和「いで」，「ぬ、ぶ、む」的「鼻音便」則是將語尾的「ぬ」、「ぶ」、「む」變成「んで」。

　　※需特別注意的是動詞中常用的「行く」是音便規則例外的動詞，「行く」是具有語尾「く」的五段動詞，依據上述的音便規則應該爲「行い

て」、「行いた」，但實際上卻是「促音便」爲「行って」、「行った」。

　　第三、第四變化爲辭書形，即爲字典所能查得的詞語，然而其用法並不相同，第三變化一般爲句子的終結，或銜接助詞或助動詞做終結，而第四變化則是接續名詞，例如「ご飯を食べる」（吃飯；第三變化）、「ご飯を食べる場所」（吃飯的場所；第四變化）。

　　第五變化（假定形）是將語尾/u/的音改爲/e/的音後再加上「ば」，意思爲假設性的意思，亦即如中文的「如果…的話」。

　　第六變化（命令形）是將語尾/u/的音改爲/e/的音即可，表示命令的動作。

✍ 練習

1. 請選出下列動詞中爲五段動詞者。

　合う、終わる、疲れる、掛ける、有る、遊ぶ、洗う、付く、待つ、遣る、休む、曲がる、移る、変える、隠れる、探す、捨てる、剃る、倒れる、倒す、尋ねる、叩く、畳む、考える、伸びる、貰う、割れる、怠ける、出掛ける、泊める、泊まる、なくす、投げる、釣る、足りる、傾ける、偏る、構う、合わせる、暖める、暖まる、栄える、叫ぶ、避ける、登る、載る、生える、生きる、測る、溶ける、横切る、譲る、論じる

2. 寫出上題練習中五段動詞的各種型態（意向、否定、使役、被動、ます、て形、終止、連體、假定、命令）。

第四節　一段動詞的活用

　　一段動詞包含「上一段動詞」及「下一段動詞」，動詞語尾一定是「る」，而且「る」的前音不是/i/音就是/e/音，前音是/i/音者為「上一段動詞」（因為五個母音中，/i/音在/u/音之上），而「る」的前音是/e/音者為「下一段動詞」（因為/e/音在/u/音之下），一段動詞同樣的也有六種變化，其活用的規則整理如表11。原則上除了第三和第四變化外，都是將語尾的「る」去除後加上特定的接續詞。

表 11　一段動詞（上一段動詞、下一段動詞）活用表

變化	活用（語尾音變化）		起_おきる	食_たべる	接續詞
第一變化	未然形	意量形（る→x）	起き	食べ	よう
		否定形（る→x）	起き	食べ	ない／ぬ／ん／ず
	使役形（る→x）		起き	食べ	させる
	被動型（る→x）		起き	食べ	られる
第二變化	連用形（る→x）		起き	食べ	ます／て／た（過去）
第三變化	終止形（/u/）		起きる	食べる	結尾／助詞／助動詞
第四變化	連體形（/u/）		起きる	食べる	名詞／ようだ／の／ので／のに
第五變化	假定形（る→x）		起き	食べ	れば
第六變化	命令形（る→x）		起き	食べ	ろ（男）／よ（女）

第一變化的未然形的「意量形」、「否定形」、「使役形」和「被動形」，係去掉語尾的「る」後，分別加上「よう」、「ない/ぬ/ん/ず」、「させる」和「られる」後而形成。

　　第二變化的連用形是去掉語尾的「る」後，加上ます/て/た形成ます形、て形和た形。

　　第三變化的終止形和第四變化的連體形則不需去除語尾「る」，直接接續助詞/助動詞或名詞等。

　　第五變化的假定形是去掉語尾的る後再加上「れば」形成假定語氣。

　　第六變化的命令形，則隨講話者的性別加上不同的接續詞，男生接「ろ」，女生接「よ」。

　　特例：上一段動詞「見る」的使役動詞依上述之變化應為「見させる」，但由於日文中已有存在「見せる」的單字，因此其使役動詞使用「見せる」而不用「見させる」。

✍ 練習

1.請選出下列動詞中為一段動詞者。

　合う、終わる、疲れる、掛ける、有る、遊ぶ、洗う、付く、待つ、遣る、休む、曲がる、移る、変える、隠れる、探す、捨てる、剃る、倒れる、倒す、尋ねる、叩く、畳む、考える、伸びる、貰う、割れる、怠ける、出掛ける、泊める、泊まる、なくす、投げる、釣る、足りる、傾ける、偏る、構う、合わせる、暖める、暖まる、栄える、叫ぶ、避ける、登る、載る、生える、生きる、測る、溶ける、横切る、譲る、論じる

2.寫出上題練習中五段動詞的各種型態（意向、否定、使役、被動、ます、て形、終止、連體、假定、命令）。

第五節　不規則動詞的活用

　　不規則動詞包含カ變（来る）及サ變（する），其活用是不規則的，但此兩者的使用頻率極高，因此只能用將他們的變化記憶下來，將其活用整理如表12。

表 12　不規則動詞活用表

變化	活用形		来る	接續詞	する	接續詞
第一變化	未然形	意量形	こ来	よう	し	よう
		否定形	こ来	ない／ぬ／ん／ず	し／さ／せ	ない／ぬ／ん／ず
	使役形		こ来	させる	x	させる
	被動型		こ来	られる	x	される
第二變化	連用形		き来	ます／て／た	し	ます／て／た
第三變化	終止形		く来る	結尾／助詞／助動詞	する	結尾／助詞／助動詞
第四變化	連體形		く来る	名詞	する	名詞／ようだ／の／ので／のに
第五變化	假定形		く来れ	ば	すれ	ば
第六變化	命令形		こ来い	x	し／せ	ろ（男）／よ（女）

　　第三類不規則動詞包含カ變（来る）、及サ變（する），其活用的變化不具規則性，因此只能背記，幸好此類動詞只有「来る」和「する」兩個動詞，除此之外，必須注意「来る」的活用除了語尾的變化外，語幹「来」的讀音也會有こ、き、く的變化，這是カ變相當特殊的地方。

📝 練習

1.不規則變化的動詞的力變及サ變是指哪兩個動詞？

2.所有日文動詞中在六變化七形態的活用中，語幹也會變化的是哪一個
　動詞？

第六節　可能動詞

　　「可能動詞」並不是動詞大分類下的類別，有些可能動詞甚至可以在
字典中查得，由於可以由辭書形做有規則的變化而來，因此可視為動詞的活
用演變而來的動詞，正確來說「可能動詞」是動詞接助動詞演變而來，有些
書籍將可能動詞視為第一變化之未然形的一類；五段動詞的變化為可能動詞
時的語尾變化與假定形類似，只是接續的字不是「ば」而是「る」，而一段
動詞及「来る」的可能動詞則同於被動形的變化，由於其變化規則不完全同
於前述的各表，又因可能動詞的使用頻率極高，因此本書將其另列為表13說
明。

🖳 表 13　可能動詞的活用

動詞類別	語尾變化	接續詞	例子	可能形
五段動詞	/u/→/e/	る	書<ruby>書<rt>か</rt></ruby>く	書<ruby>書<rt>か</rt></ruby>ける
			飲<ruby>飲<rt>の</rt></ruby>む	飲<ruby>飲<rt>の</rt></ruby>める
一段動詞	語尾る→x	られる	起<ruby>起<rt>お</rt></ruby>きる	起<ruby>起<rt>お</rt></ruby>きられる
			食<ruby>食<rt>た</rt></ruby>べる	食<ruby>食<rt>た</rt></ruby>べられる
カ變	－	－	来<ruby>来<rt>く</rt></ruby>る	来<ruby>来<rt>こ</rt></ruby>られる
サ變	－	－	する	できる

　　「可能動詞」可以以上述方式由辭書形變化而成，亦可以以「辭書型+ことができる」來表示，例如「書ける」亦可以表示爲「書くことができる」，「可能動詞」可以表示「可能性（possibility）、能力（ability）」的意思，因此由「飲む」變化而來的「飲める」可能是能力上的能喝，也可能是可能性的可以喝，此時的意思須視前後文而定，例如「二十歲<ruby>歲<rt>さい</rt></ruby>にならないとお酒<ruby>酒<rt>さけ</rt></ruby>が飲<ruby>飲<rt>の</rt></ruby>めない」爲「不到二十歲不可以喝酒」，是可能性的可能動詞，「ワインは飲<ruby>飲<rt>の</rt></ruby>めるが、ウィスキーは飲<ruby>飲<rt>の</rt></ruby>めない」爲「紅酒會喝，但威士忌則不會喝」，是能力上的可能動詞。

　　變化後的「可能動詞」還是「動詞」，其外形爲「一段動詞」，所以可能動詞可以依據「一段動詞」的變化規則繼續進行活用，例如可能動詞「飲める」的過去行「た形」爲「飲<ruby>飲<rt>の</rt></ruby>めた」，但未必六種變化的活用都具有意思。雖然可能動詞可以用「辭書型+ことができる」來表示，但所讀的資訊日文文章可能不常用此方式來表達，因此還是要學會可能動詞的變化，才能

讀懂各種資訊日文的內容。

✎ 練習

1.請寫出下列動詞的可能動詞？

 (a)学_{まな}ぶ (b)待_まつ (c)貸_かす (d)唱_{とな}える (e)見学_{けんがく}する

2.請選擇適當的動詞。

 (a)私_{わたし}は日本語_{にほんご}が｛話_{はな}せます 話_{はな}されます｝。

 (b)この会議室_{かいぎしつ}は何時_{いつ}まで｛使_{つか}える 使_{つか}う｝ことができますか？

 (c)平仮名_{ひらがな}は｛読_よめます 読_よみます｝が、漢字_{かんじ}は｛読_よめません 読_よみ

  ません｝。

3.請想想下列句子中動詞的辭書形應該為何，並判斷是哪一種活用形及

 是如何演變而來。

 (a)貴方_{あなた}が行_いけば、私_{わたし}も行_いきます。／你去的話，我也去。

 (b)図書館_{としょかん}へ行_いって、数学_{すうがく}を勉強_{べんきょう}しました。／去圖書館念了數學。

 (c)出掛_{でか}けようと思_{おも}って、雨_{あめ}が降_ふり始_{はじ}まった。／想出門卻開始下雨

  了。

 (d)母_{はは}が美味しい料理_{りょうり}を作_{つく}ったが、ダイエット中_{だいえっとちゅう}なので、食_たべられな

  い。／媽媽做了好吃的料理，可是正在減肥不能吃。

 (e)お酒_{さけ}を飲_のんだから、車_{くるま}が運転_{うんてん}できない。／因為喝了酒，所以不能

  開車。

第七節　授受動詞與其衍生之補助動詞

　　授受就是授予和接受之意，世界上任何語言都有從這兩種不同角度來表達同一事件的現象，日語中有許多成對的動詞，如売^うる／買^かう（賣／買）、貸^かす／借^かりる（借出／借入）、教^{おし}える／教^{おそ}わる（教導／受教於）等，這些就是從授予和接受的角度來描述同一事件的動詞。

　　日語裡的あげる（給）／くれる（給我）／もらう（得到）是從不同的角度來表示授受意義的最典型動詞稱爲授受動詞^{じゅじゅどうし}，它們與売^うる／買^かう、貸^かす／借^かりる、教^{おし}える／教^{おそ}わる等不同的是，あげる／くれる／もらう還具有作爲補助動詞而形成～てあげる／～てくれる／～てもらう等作爲表示授受恩惠的常用句型（或用法），以補助動詞的形式來表示授受意義的語言在世界語言中仍屬少數，而具有像日語一樣有3種區別的語言更屬少數，而且中文中沒有完全對應的語言，小時候中文中還有錯誤的中文表達法，譬如「老師他給我打」好像從閩南語直翻過來應該是「老師他打我」，但中文聽起來好像是「說話者打人」，眞的會搞不清楚到底是什麼意思，而授受動詞在日文裡是相當常見的動詞，基於此些原因，本章節特別將授受動詞與其衍生之補助動詞提出說明。

　　あげる／くれる／もらう的中文意思分爲給（人）／給（我）／得到，中文意思明白說明了授受的方向性，あげる／くれる是以恩惠授予者爲主語，あげる從發話者的角度看是一種由內向外的物／所有權的轉移，反之くれる是一種由外向內的物／所有權的轉移。もらう則是從接受者的角度（接受者做主語）表示與あげる／くれる相同的物／所有權的轉移。

使用あげる時，給予的對象使用格助詞に，由於あげる由內向外的物／所有權的轉移，故從語意可以理解授予者是可以省略的。例如：

（私は）木村君にチョコレートをあげた。／我給木村巧克力。

使用くれる時，得到的對象使用格助詞に，由於くれる是由外向內的物／所有權的轉移，故從由語意可以理解受惠者是可以省略的。例如：

木村君は（私に）キャンディーをくれた。／木村給我糖果。

もらう則是從接受者的角度（接受者做主語）表示物／所有權的轉移，必須注意助詞的使用，使用格助語は的主語是受惠者，使用格助語に的是授予者，因此格助詞的使用特別需要注意。例如：

田中君は木村君にキャンディーをもらった。／田中從木村那裡得到糖果。

木村君は田中君にキャンディーをもらった。／木村從田中那裡得到糖果。

需要特別說明的是日文的內與外關係，不是單純指我爲內他人爲外，而是以親疏分內外，例如：

木村君は田中君にキャンディーをくれた。／木村給田中糖果。

中文是分不出說話者與木村和田中的親屬遠近關係，但日文中由於くれる是由外向內的物／所有權的轉移，所以可以看到句子中田中君是屬於內的，也就是說田中君與說話者相對上是比較親近的。

あげる／くれる／もらう都有表示尊敬、自謙意義的特殊形式，有關授受動詞的敬語形式有很多，而且不符合本書的發行目的，在此不再詳細說明，讀者有興趣可以閱讀相關文法書籍。

あげる／くれる／もらう與動詞て形合用而形成～てあげる／～てくれ

る／〜てもらう的補助動詞用法相當重要，但只要懂得上述授受動詞あげる／くれる／もらう的說明，應該就很容易了解〜てあげる／〜てくれる／〜てもらう的意思。あげる／くれる／もらう的意思是物／所有權的轉移，而〜てあげる／〜てくれる／〜てもらう是動作行爲的轉移，簡單來說〜てあげる／〜てくれる是以恩惠授予者爲主語，〜てあげる從發話者的角度看是一種由內向外的某項行爲（〜て）轉移，反之〜てくれる是一種由外向內的某項行爲（〜て）轉移。もらう則是從接受者的角度（接受者做主語）表示某項行爲（〜て）的轉移。也就是說〜てあげる／〜てくれる用於發話者認爲這樣的行爲對受事者是有益的，／〜てもらう是以接受者爲主語表示恩惠的表達方式，受事者（接受恩惠）未說明時通常爲發話者。〜てあげる／〜てくれる／〜てもらう的中文意思是主語（爲人）做某事／（幫我）做某事／（某人）得到（某人）幫忙做某事，某事指的就是〜て。請見以下例句及說明。

例如：

　　（私は）田中さんに本を貸してあげました。／借書給田中。

　　說明：我爲田中做了「借出書」這樣的動作，「把書借出」是主語（內）爲田中（外）做的動作。

　　田中さんがうちの子と遊んでくれました。／（心中感謝）田中跟我家小孩玩。

　　說明：田中爲我做了「跟我家小孩玩」這樣的動作，「跟我家小孩玩」是主語（外）爲我（內）做的動作。

　　分からないことは田中さんに教えてもらおう（もらおう是もらう的意

向形）。／不懂的向田中請教吧。

　　說明：說話者感謝得到田中「教不懂的事」這樣的動作，原文與「田中さんに分からないことを教えてもらおう」沒有太大的不同，只是說話者把「分からないこと」當成想要說的話題。

　　以上是授受動詞衍生的補助動詞的說明，但讀者須特別注意的是也有些時候～てあげる／～てくれる／～てもらう的用法並不是表示恩惠的，但在資訊科技文章中是很少出現此種用法的，反而是在口語中比較有此類用法，在本書中不再詳細說明這方面的用法，請有興趣的讀者閱讀相關專業書籍。

✍ 練習

1.請選擇適當動詞（あげました／くれました／もらいました）填入下
　列句中：
　(a)広田さんは私の誕生日に花を＿＿＿＿＿。
　(b)バレンタインデーに僕は紀子さんからチョコレートをも＿＿＿＿＿。
　(c)子供の頃私は母に可愛い服を作って＿＿＿＿＿。
　(d)鈴木さんはゆりさんを車で送って＿＿＿＿＿。

2.請翻譯下列日文。
　(a)田中さんが私の自転車を修理してくれました。
　(b)小林さんが木村さんに英語を教えてもらいました。
　(c)柿本さんは田村さんに今度の会議に出席してもらう。
　(d)先生がこの中国語の本を日本語に翻訳しました。

(e)先生が私にこの中国語の本を日本語に翻訳してくれました。

3.請填入適當的助詞或授受補助動詞。

(a)私が海で溺れた時、監視員が助けて（　　）ました。

(b)私が海で溺れた時、監視員に助けて（　　）ました。

(c)実家の母が柿（　　）私（　　）送ってくれました。

(d)田中さんにお金を貸して（　　）ました。

(e)田中さんは私（　　）お金を貸してくれました。

❀ 增廣日聞 ❀

こくりつ か がくはくぶつかん
国立科学博物館（上野本館）

　　由於日本的獨立行政法，國立科學博物館雖冠上國立名稱，但已不屬於國家直接管轄之機關，主要展示設施為位於東京都台東區的上野恩賜公園內的上野本館（又稱日本館）、東京都港區的附屬自然教育園、茨城縣筑波市的筑波實驗植物園、以及昭和紀念筑波研究資料館（不開放一般民眾）四處，一般日本國立科學博物館指的是上野本館，上野本館於1930年建立（時稱東京科學博物館），上野本館有日本館與地球館兩個展示館，所藏之中有國家指定的重要文化財，例如有：地球儀（天球儀）、萬年自鳴鐘（萬年鐘）、英國製的天體望遠鏡、水平振子地震計（日本現存最早的地震儀）、英國製的錫箔留聲機，日本館展示日本列島的各種地質及特殊生物等，地球館以「地球生命史與人類」為主題，展示區域為地上3層地下3層，除了各種大型哺乳動物標本外，還有展示各種科學的重要技術產品，如機械式桌上型計算機、高柳式電視機等古老的機器，以及科學技術上的偉人及技術者的介紹，每年也會有3～4次不定期的特展。

6　其他用語的活用

　　日語中的活用根據品詞而做不同規則的變化，常見的除了「動詞有活用」外、還有「形容詞活用」、「形容動詞活用」及「助動詞活用」，但不同於動詞，並不是所有「形容詞活用」、「形容動詞活用」及「助動詞活用」的活用都有「意量形」、「否定形」、「連用形」、「終止形」、「連體形」、「假定形」、「命令形」七種活用形，對於缺少的活用形在活用表中本書則不列該活用，或用「－」表示無該項活用。另外必須在此說明，本書是爲了讓讀者快速讀懂日文，因此本章所用的說法可能不是很正統的文法說明，但應該是很容易理解的一種表達方式。

第一節　形容詞的活用

　　形容詞是表示事物的性質或狀態的語詞，它一般以「い」爲語尾，因此也叫做「い形容詞」，形容詞「い」的語尾有五個變化，並無第六變化，讀者應該是可以理解形容詞不會有命令形，也由於詞性的不同，其各個變化的名稱、活用名稱、接續詞使用的變化形也有所不同，例如第一變化只有未然形中的意量形，否定形（ない形）歸於第二變化的連用形等，以下以「暑い」和「涼しい」爲例，整理い形容詞的語尾變化列表如表14：

快速讀懂日文資訊（基礎篇）──科技、專利、新聞與時尚資訊

🖥 表14　形容詞的活用（語尾變化）

變化	活用（語尾變化）		暑い	涼しい	接續詞
第一變化	意量形（い→かろ）		暑かろ	涼しかろ	う
第二變化	連用形	く形（い→く）	暑く	涼しく	ない（否定）／なる
					X（中止）／て／ても
		た形（い→かっ）	暑かっ	涼しかっ	た（過去）／たり／たら
第三變化	終止形		暑い	涼しい	結尾／助詞／助動詞
第四變化	連體形		暑い	涼しい	名詞／ようだ／の／ので／のに
第五變化	假定形（い→けれ）		暑けれ	涼しけれ	ば

　　第一變化的意量形是將語尾的「い」改爲「かろ」後在加上「う」，當然也可以直接記憶將語尾的「い」改爲「かろう」，爲了和動詞的意量形相對應，本書採前者方式表達。第一變化的意量形（或稱意向形）用以表示未來、現在及不限時式的肯定敘述爲內容的常體推測，此用法僅限於較專門性的文章中使用，現在一般都以「第三變化+だろう」之句型表達。

　　第二變化的連用形有く形和た形，く形用於否定、終止等形式，た形用於過去等形式；く形是將語尾的「い」改爲「く」後直接作爲中止形，或連接ない（否定）／なる／て／ても等，た形則可做爲表達過去的形態或連接過去たり／たら等。第二變化（い→かっ）+過去完了助動詞（た）表示過去式的常體肯定，第二變化（い→かっ）+假設助動詞（たら）表示肯定敘述爲內容做告知任意性結果的「假設」，第二變化（い→かっ）+助詞（た

り）表示狀態的列舉，此表現法在最末一組「…たり」之下可以用「だ（です）」或「する（します）」結尾，例如「このごろは暑かったり、涼しかったりする」（請參閱第七章）亦可以說成「このごろは暑かったり、涼しかったりです」。此外形容詞第二變化（い→く）可作爲「名詞形」、「副詞形」及「中止形」，或加「て」而成的「中止形」，而作爲「中止形」可以表示連續的敘述，亦可以表示相對的敘述，例如「私の学校は博物館の近くにある」（名詞形），「早く起きる」（副詞形），「彼女は顔も美しく、心もやさしい」（中止形：連續的敘述），「冬は暖かく、夏は涼しい」（中止形：相對的敘述）；而形容詞第二變化（い→く＋て）亦可作爲「中止形」，惟其除了與第二變化（い→く）的「中止形」相同，可以表示連續的敘述及相對的敘述外，還可以表示因果的敘述，例如「暗くて見えない（暗的看不見）」。

　　形容詞第二變化（い→く），可以連接否定的形式形容詞「ない」表示常體的否定，接形式形容詞「ない」後，其語尾變化如同「い形容詞」，形容詞第二變化（い→く）還可以連接一些助詞，諸如「ても、ては、なる」等助詞而衍生出其他意義。

　　第三變化的終止形和第四變化的連體形不做任何變化可直接當句子結尾，或連接助詞／助動詞／名詞／ようだ／の／ので／のに等接續詞。第三變化又稱爲「終止形」，可作爲句子的結尾，但不是都一定要以他來結尾，可接鄭重形斷定「です」、推測「だろう／でしょう」、推定「らしい」、傳聞「そうだ／そうです」、條件「なら」等助動詞，亦可以接續「と、が、けれども、から、し、か、と」等助詞。

第四變化是「連體形」，亦即連接「體言（名詞）」，此用法為第四變化的最常使用的用法，此外也可以連接比況助動詞「ようだ／ようです」及助詞「の、ので、のに」。

　　第五變化的假定形相當於中文的「如果…的話」，可以對照於五段動詞的變化，表示成將語尾的「い」改為「けれ」後加「ば」，或者一段動詞，表示成將語尾的「い」改為「け」後加「れば」，只要讀者習慣或容易記憶，哪種方式結果都是一樣的。

　　必須特別注意的是，形容詞中表示「好」、「優良」等意義的「いい」是唯一的語尾變化特殊的形容詞，因為「いい」沒有第一、二、五變化，所以要表達這幾個變化的用法時，必須使用具有相同意義的另一個形容詞「よい」來做變化，其變化整理如表15所示。

表 15　　「いい」與「よい」的活用

變化	活用（語尾變化）		いい	よい	接續詞
第一變化	意量形（い→かろ）		－	よかろ	う
第二變化	連用形	く形（い→く）	－	よく	ない（否定）／なる
					X、て（中止）／ても等
		た形（い→かっ）		よかっ	た（過去）／たり／たら
第三變化	終止形（x）		いい	よい	結尾／（と、し、から）等助詞／（だろう、らしい）等助動詞
第四變化	連體形（x）		いい	よい	名詞／ようだ／の／ので／のに
第五變化	假定形（い→けれ）		－	よけれ	ば

✎ 練習

1.請寫出下列形容詞的活用五變化：冷たい、難しい、高い、忙しい、ない、暖かい。

2.翻譯下列日文句子成中文。

(a)明日も寒かろう。

(b)昨日の試験は難しかった。

(c)先生は黒板に字を大きく書きました。

(d)今日は雨がなくて、いい天気です。

(e)良ければ、私も行く。

(f)母の料理はおいしくない。

(g)値段が高くても買います。

第二節　形容動詞的活用

　　形容動詞和形容詞一樣，都是表示事物的性質或狀態的語詞，而接續名詞時需加上「な」使用，因此有別於以「い」爲語尾的「い形容詞」，而將之稱爲「な形容詞」，形容動詞在字典中出現的型態是它的「語幹」，而它的語尾爲「だ」，是實際使用時才附加上去的，它的外型沒有特別的特徵，原則上與名詞很像，其用法也與名詞類似，只是名詞是用「の」連接後面的名詞，形容動詞用「な」連接後面的名詞。形容動詞的外型一般也都是中文

漢字所構成，但不是絕對，想知道是不是形容動詞必須查字典才知道，在閱讀時，若看到用「な」連接後面的名詞的詞語，應該就是形容動詞，因此，多閱讀也是有助於了解各種日文單詞的詞性。形容動詞本身也具有活用，相當於是語尾「だ」的變化，而其活用為方便起見可視為與斷定助動詞「だ」相同（請見下一節），唯一較不相同者為第二變化的「語幹+に」的型態作為「副詞」的用法，形容動詞語尾「だ」有五個變化，其活用表如表16：

🖥 表 16　形容動詞的活用

變化	活用（語尾變化）		自由 （じゆう）	静か （しず）	接續詞
第一變化	意量形（だ→だろ）		自由（じゆう）だろ	静（しず）かだろ	う
第二變化	連用形	（だ→で）	自由（じゆう）で	静（しず）かで	x（中止）／ない（否定）／ある／も／は
		（だ→に）	自由（じゆう）に	静（しず）かに	（副詞形）
		（だ→だっ）	自由（じゆう）だっ	静（しず）かだっ	た（過去）／たり／たら
第三變化	終止形（だ→だ）		自由（じゆう）だ	静（しず）かだ	結尾／（と、し、から、が）等助詞／（そうだ）等助動詞
第四變化	連體形（だ→な）		自由（じゆう）な	静（しず）かな	名詞／ようだ／の／ので／のに
第五變化	假定形（だ→なら）		自由（じゆう）なら	静（しず）かなら	（ば）

形容動詞的變化與形容詞的變化不同外，各變化型的接續方式大致與形容詞相同，在此就不再贅述，在此僅就需要注意的地方做解說。形容動詞第二變化乃是以「語幹+で」的方式表示「中止形」，以「語幹+に」的型態作為「副詞」。形容動詞的第三變化「終止形」和第四變化「連體形」的變化並不相同，此點與形容詞及動詞的活用變化不同。第五變化為「假設形」，是在語幹後直接接「なら」或「ならば」，「ば」可用可不用，說話者的心理偏重於「若某種狀況發生的話」會造成某種結果，其話題重點在於假設狀況之前句，所以它可說是「解決問題的假設」。

　　形容動詞中，「こんな」、「そんな」、「あんな」、「どんな」「同じ」五個單語被稱為「特殊形容動詞」，他們在接「名詞」「比況助動詞（よう）」時和一般形容動詞不一樣，接「名詞」、「比況助動詞（ようだ、ようです）」時，「こんな」、「そんな」、「あんな」、「どんな」使用「この」、「その」、「あの」、「どの」接名詞或比況助動詞，「同じ」則直接接名詞或比況助動詞，如「毎日同じ物を食べている」、「これは醤油と同じように塩と豆で作ったものだ」，而這五個單語又是日語中相當常出現的單語，所以讀者必須特別記住。

✎ 練習

1.想想看、查查看，您看過哪些形容動詞？

2.名詞、形容動詞、與形容詞在接續名詞時有何不同？

第三節　助動詞的活用

　　「助動詞」和「助詞」一樣是一種虛詞，沒有實質性的詞義無法單獨使用（屬於附屬語），必須附在自立語之後來發揮它的輔助作用，其作用是協助其先行詞構成各種語態、時態或文體，並爲之添加種種意思以補充其敘述之不足，從而能夠充分表達各種思想、概念、感情或語氣，「助動詞」和「助詞」不同的是「助動詞」具有活用而「助詞」沒有活用。大部分的助動詞和「動詞」、「形容詞」、「形容動詞」一樣有各種類型的語尾變化，各變化也和「動詞」、「形容詞」、「形容動詞」一樣有各種接續與用法，但並不是所有的助動詞都存在各種型態的變化，有的只存在最基本的終止形和連體形，例如「推量助動詞（う、よう）」。每個助動詞一般由1～4個假名組成，一般沒有語幹和語尾之分，「助動詞」大致可分爲「被動助動詞（れる、られる）」、「使役助動詞（せる、させる）」、「可能助動詞（れる、られる）」、「斷定自動詞（だ、である、です）」、「敬語助動詞（れる、られる）」、「否定助動詞（ない）」、「推量助動詞（う、よう）」、「樣態助動詞（そうだ）」、「比況助動詞（ようだ、みたい）」、「傳聞助動詞（そうだ）」、「完了助動詞（た）」、「希望助動詞（たい）」、「鄭重形助動詞（ます）」、「推定助動詞（らしい）」等，由於種類眾多，不適於在此一一解說，有興趣者可參考各專門的文法書。

　　爲使讀者盡速進入狀況快速學習，並在短時間內讀懂日文，在此提供一個作者歸納出的大略原則，「助動詞」的外型大致可分爲名詞（形容動詞）

形、形容詞形、與動詞形，名詞（形容動詞）形助動詞如傳聞助動詞「そう
だ」、比況助動詞「ようだ」等，形容詞形助動詞如希望助動詞「たい」、
否定助動詞「ない」，動詞形的助動詞如被動助動詞「れる、られる」，此
原則就是「助動詞的活用大略與相對類型的活用一致」，亦即「名詞形的助
動詞的活用大略與形容動詞「だ」的活用一致，動詞形的助動詞的活用大略
與相對類型的動詞活用一致」，例如斷定助動詞「である」（です的文書
形，多用於文章寫作）如同五段動詞的變化，意向形爲「であろ+う」、ま
す形「であり+ます」（縮減爲です）、て形爲「であって」、た形爲「で
あった」、假定形爲「であれ+ば」等；而被動助動詞「られる」如同一段
動詞的活用變化；而希望助動詞「たい」和否定助動詞「ない」的活用變化
就類似於い形容詞的活用；如此可以省去很多的背誦，也可以很快的就可以
活用各種助動詞，然此原則就文法上來說並不嚴謹，但這樣的理解對於學習
日文有絕對的幫助，對讀懂資訊日文也就相當足夠了，而且因助動詞的詞性
不同而不具有所有的變化形，例如「られる」可以有ます形但沒有意向形，
請讀者確實注意，等讀者程度更上層樓，想了解更詳細的文法，請讀者參閱
眞正的日文專家所寫的文法書，其他一些比較常用的助動詞其常用的活用會
在第七章常用句型中提及，我想這樣的縮減說明可以減少讀者很多的學習時
間，也能快速達到本書的寫作目的，以下僅列名詞形助動詞「だ」的活用於
表17，其活用除了沒有副詞形外，與形容動詞的語尾「だ」的活用幾乎一
致，「だ」相對應的文書形爲「である」活用規則則如同五段動詞的變化。

快速讀懂日文資訊（基礎篇）──科技、專利、新聞與時尚資訊

🖵 表 17　助動詞「だ」的活用

變化	活用（語尾變化）		だ	接續詞
第一變化	意量形（だ→だろ）		だろ	う
第二變化	連用形	（だ→で）	で	x（中止）／ない（否定）／ある／も／は
		（だ→だっ）	だっ	た（過去）／たり／たら
第三變化	終止形（だ→だ）		だ	結尾／（と、し、から、が）等助詞／（そうだ）等助動詞
第四變化	連體形（だ→な）		な	名詞／ようだ／の／ので／のに
第五變化	假定形（だ→なら）		なら	（ば）

　　「だ」的連用形「で」連接後續提示助詞「は」時，往往音便為「じゃ」，亦即「じゃ」等於「では」。

　　本章簡單的歸納動詞以外的各種用語（形容詞、形容動詞與助動詞）的活用，由於本書的目的在於讓讀者讀懂資訊日文，所以省略很多助動詞的繁複活用說明，讀者若能理解以上的用語活用以及動詞的活用，想必對日文的學習與日文資訊的閱讀上一定有絕對的幫助，對於不喜歡太制式文法說明的讀者來說，以上的說明已經可以提供讀者足夠的日文基礎。

　　至此學習日文的第三大難關「活用」已經說明完畢，若讀者已經詳細研讀到此，想必對日文已經向前邁進了一大步，若已有恆心的學習本書到此，而且也完全理解活用以上各章的說明，讀者應該不會再有放棄日文的念頭，只有想越來越精進自己的日文吧，試試看本章的練習是否已經完全沒問題了，如果還不能正確答出答案，請讀者再回頭詳讀不熟悉的章節，務必完全了解活用的變化方法，如果可完全答出答案，恭喜你過了第三關，請讀者繼

續挑戰第四關長句的分析，不過在進入長句分析前，讀者最好還是能具備一些常用、常出現的句型，因此在進入長句分析解說前，先讓我們學習一些常用句型吧！

✍ 練習

1. 請從原形動詞（行く）變化成否定（不去）後，寫出不去的六形態（意向、否定、て形、た形、終止、連體、假定），並說明此七形態的中文意思。

2. 請從原形動詞（行く）使用第二變化接「希望助動詞（たい）」變化成想去後，寫出想去的六形態（意向、否定、て形、終止、連體、假定），並說明此七形態的中文意思。

❀增廣日聞❀

日本環球影城（ユニバーサル・スタジオ・ジャパン，Universal Studios Japan）

日本環球影城位於日本大阪市此花區，簡稱USJ，是世界3個環球影城主題公園之一，1998年10月28日由美國阿諾史瓦辛格主持動工儀式，2001年3月31日開幕。其設計與美國奧蘭多的環球影城相近，有部份機動遊戲相同。包括《侏羅紀公園》河流探險、《未來戰士2：3-D》、《蜘蛛俠》、《大白鯊》探險等。

交通：可乘坐大阪環狀線到西九條，在JR西九條改搭ゆめ咲線<ruby>咲<rt>ざきせん</rt></ruby>到ユニバーサルシティ站下車。

常用句型

　　了解動詞、形容詞、形容動詞、助動詞等各種品詞的各種活用形和適當的助動詞接續後，表達和閱讀日文的能力就已經可以大幅進步了，本章首先針對動詞的各種變化，說明其基本的用法，讓讀者了解各種動詞活用的時機與狀況，之後再進入彙整的科技、資訊日文中常見的句型，供讀者作為在閱讀日文文章時的參考。

　　各種文法書有不同的接續表示方法，以下各種句型的接續表示符號採用與くろしお（黑潮）出版社出版、砂川有里子等所著之「日本語文型辞典」相同的符號；符號代表原則為：

　　「N」名詞，「Na」形容動詞語幹，

　　「A」普通體形容詞（包含現在式和過去式），「A-」普通體形容詞語幹，

　　「V」普通體動詞（包含現在式和過去式），「V-」辭書形動詞的語幹，形容詞與動詞的各種活用形則加上語尾表示，動詞活用的語尾變化使用一段動詞的表示方式，各種活用的符號如下，之後的敘述皆以此等符號表示各種形式的品詞。

【形容詞】

A-い：辭書形（原形）　　　A-く：く型　　A-くない：否定形

A-くて：て形　　　A-かった：た形　　　A-かろう：意量形

A-かったろう：過去意量形　　　　　　A-ければ：假設形

A：普通形（包含辭書形、否定形、た形）

【動詞】

R-：ます形　　　V-る：辭書形　　　V-た：た形

V-たろう：意量形　　V-ない：否定形　　V-なかった：否定過去形

V-て：て形　　　V-ば：假設形　　　V-よう：意量形

V-れる：可能形　　V-られる：被動形　　V-させる：使役形

V-ろ：命令形　　　V：普通形（包含辭書形、否定形、た形）

第一節　常用基本句型

　　各種活用的基本句型及用法如下，表中所述之接續與動詞的類型有關，以下依動詞的六大變化分別列出常用句型，與其他品詞相關的接續法也一同列出，例句則以普通形舉例，各類動詞的活用形變化規則請參閱第五章的動詞活用表及說明，其他各類形容詞／形容動詞的活用形變化規則請參閱第六章，表中的例句以動詞的用法舉例。

💻 表 18　第一變化「未然形」的常用基本句型

活用形	接　續	作用或表達意思
	例　句	
意量形	V-よう	推量、勧誘
	一緒に行こう。（一起去吧！）	
	V-よう と思う／とする	意志、決心
	日本へ行こうとする。（決定去日本）	
否定形	V-ないでください	請求或婉轉否定
	タバコを吸わないでください。（請不要吸煙）	
	V-ないほうがいい	否定之建議或忠告
	タバコを吸わないほうがいい。（不要抽菸比較好）	
	V-なくても　いい／かまわない	否定之允許
	レポートを提出しなくてもいい。（不交報告也可以）	
	V-なければ　ならない／いけない	強制、規定、義務
	レポートを提出しなければ　ならない。（不交報告不行）	
使役形	V-させる	使役
	母は私にピーマンを食べさせた。（媽媽逼我吃青椒） 母は妹を買い物に行かせた。（媽媽叫妹妹去買東西）	
被動形	V-られる	1.一般的被動 2.表示困擾、受害
	私 は先生に呼ばれた。（我被老師叫去） 夜に赤ちゃんに泣かれて、眠れなかった。（夜裡嬰兒哭個不同，害我都睡不著）	

🖳 表 19　第二變化「連用形」的常用基本句型

活用形	接　續	作用或表達意思
	例　句	
ます形	R-ます	動詞鄭重形表鄭重
	<ruby>私<rt>わたし</rt></ruby> はラー<ruby>麺<rt>めん</rt></ruby>を<ruby>食<rt>た</rt></ruby>べます。（我吃拉麵）	
	R-／A-そうだ	樣態
	<ruby>雨<rt>あめ</rt></ruby>が<ruby>降<rt>ふ</rt></ruby>りそうだ。（好像快下雨了）	
	R-に+移動動詞	移動的目的
	<ruby>今<rt>いま</rt></ruby>あなたに<ruby>会<rt>あ</rt></ruby>いに<ruby>行<rt>い</rt></ruby>く。（現在就去見你）	
	R-ながら	動作的並行
	<ruby>歩<rt>ある</rt></ruby>きながら、<ruby>本<rt>ほん</rt></ruby>を<ruby>読<rt>よ</rt></ruby>む。（邊走邊看書）	
	R-たい	（1、2人稱）希望
	<ruby>私<rt>わたし</rt></ruby> はラー<ruby>麺<rt>めん</rt></ruby>を<ruby>食<rt>た</rt></ruby>べたい。（我想吃拉麵）	
	R-たがる	（第3人稱）希望
	<ruby>弟<rt>おとうと</rt></ruby> はラー<ruby>麺<rt>めん</rt></ruby>を<ruby>食<rt>た</rt></ruby>べたがる。（弟弟想吃拉麵）	
て形	V-て	動作的順序
	<ruby>六<rt>ろく</rt></ruby><ruby>時<rt>じ</rt></ruby>に<ruby>起<rt>お</rt></ruby>きて<ruby>歯<rt>は</rt></ruby>を<ruby>磨<rt>みが</rt></ruby>いて<ruby>顔<rt>かお</rt></ruby>を<ruby>洗<rt>あら</rt></ruby>う。（六點起床後先刷牙然後洗臉）	
	V-てもいい	許可、容許
	<ruby>鉛筆<rt>えんぴつ</rt></ruby>で<ruby>書<rt>か</rt></ruby>いてもいい。（用鉛筆寫也可以）	
	V-てください	婉轉命令或請求
	ここにサインしてください。（請在這裡簽名）	
	V-てはいけないい	不允許、禁止
	<ruby>授業中<rt>じゅぎょうちゅう</rt></ruby>、おしゃべりをしてはいけない。（上課不可以聊天）	

た形	V-た	表動作完了
	私<ruby>わたし</ruby>はラーメン<ruby>ら</ruby><ruby>めん</ruby>を食<ruby>た</ruby>べた。（我吃了拉麵）	
	V-たり…V-たりする（又…又…）	動作的例舉
	ドラマを見<ruby>み</ruby>て、泣<ruby>な</ruby>いたり笑<ruby>わら</ruby>いたりする。（看連續劇又哭又笑）	

💻 表20　第三變化「辭書形」的常用基本句型

活用形	接　續	作用或表達意思
	例　句	
終止形	V／A, N／Na だ。	句子終止
	毎日日本語を勉強する。（每天學習日文） 北海道は美しい。（北海道很美） 私は学生だ。（我是學生） 玲子は綺麗だ。（玲子很漂亮）	
	V-る には（為了…目的）	達成目標
	ダイエットをするには、強い意志が必要だ。（減肥必須要有堅強的意志）	
	V／A と（思う／言う），N／Na だと（思う／言う）。	表達（思考）之內容
	最後まで続ければ必ず成功できると（思う）。（（我想）持續到最後一定會成功）	
	V／A そうだ,N／Na だそうだ。（聽說…）	傳聞
	稲井君が会社を辞めるそうだ。（聽說稻井要離職了）	
	V／N／Na／A らしい（好像…）	推論

終止形	彼女は月経がない。妊娠したらしい。（他的月事沒來，好像懷孕了）	
	V／Aか	不確定
	部屋に誰がいるか分からない。（不知房間裡有誰）	
	V／Aと，N／Na だと（一…就…）	同時或繼起
	酒を飲むと、顔が赤くなる。（一喝酒就臉紅）	
	V／Aが，N／Na だが（卻…）	對立的條件、逆接
	新聞を買ったが、まだ読んでいない。（買了報紙卻還沒看）	
	V／Aから，N／Naだから（因為…所以…）	（主觀的）因果
	星が出ているから、明日もきっといい天気だ。（因為星星出來了，所以明天一定是好天氣）	

表21　第四變化「連體形」的常用基本句型

活用形	接　　續	作用或表達意思
	例　　句	
連體形	V／Aようだ，Nのようだ（如同…）	比況、比喻、推定
	まるで魔法にかかったようだ。（簡直像施了魔法似的）	
	V-る／V-ないようにする	例示、目標
	毎日、30分運動するようにしている。（每天都作30分運動）	
	V／Aの，Naなの	名詞化
	ノートを持ってくるのを忘れた。（忘了帶筆記來）	
	V／Aので，N／Naなので（因為…所以…）	（客觀的）因果
	台風が来たので、大学が休講となった。（因為颱風來了所以大學停課）	

連體形	V／Aのに，N／Naなのに　（…卻…）	衝突的事實
	よく勉強したのに、入学試験に落ちた。（努力念書卻落榜了）	

□ 表 22　第五變化「假定形」的常用基本句型

活用形	接　續	作用或表達意思
	例　句	
假定形	V-ば，A-ければ　（如果…）	假設條件
	練習（れんしゅう）すれば、上手（じょうず）になる。（如果練習就會進步）	
	V-ば…V-るほど…	「越～越～」
	読（よ）めば読（よ）むほど読（よ）みたくなる。（越讀越想讀）	

□ 表 23　第六變化「命令形」的常用基本句型

活用形	接　續	作用或表達意思
	例　句	
命令形	V-ろ	命令
	早（はや）く言（い）え。（快說）	
	V-ろよ	主張、提示
	早（はや）く言（い）えよ。（快說啊!）	

　　以上爲動詞的各種活用的常用句型，而常用句型的種類和數量非常之多，讀者在學習句型時，必須注意其前後接續的型態，因爲型態用錯有可能意思全錯，請讀者特別注意。

✍ 練習

請於下列句子中填入「食べる」的適當活用形。

1.晩ご飯を（　　　）ながら、テレビを見ます。

2.昼ご飯を（　　　）に、アパートへ帰りました。

3.妹がご飯を（　　　）たがる。

4.遅刻するな。早く、ご飯を（　　　）。

5.これは私の昼ご飯ですから、（　　　）でください。

6.健康のために、毎日保健食品を（　　　）ようにしている。

7.納豆は（　　　）ば（　　　）ほど美味しくなる。

8.刺身を（　　　）てもいいです。

9.回転すしを（　　　）と思います。

第二節　各種機能性句型

　　科技日文中常出現的長句中，可使用「子句副詞」（請參閱第八章日語長句解析）表示子句與母句的關係，可以表示同時或選擇、列舉、條件、理由、讓步、目的等關係，在此針對這些句型分類加以說明，同一個句型有時亦具有多種意思，在此僅就資訊日文中常用的用法做說明，希望能帶領讀者進入資訊日文之門。

1.表示前後關係之句型

　　此句型在於表達子句彼此間的前後關係，可使用「て形」或「ます形（R）」將前後句做連結形成複句，此用法極常出現於各類型的文章中，此句型留待第八章再做詳細說明。

　　2.表示同時關係之句型

接　續	中　文	例　句（中文）
R-ながら	邊～邊～	音楽を聴きながら、勉強をする。（邊聽音樂邊讀書）
R-つつ	…的同時	この会議では個々の問題点を検討しつつ、今後の発展の方向を探っていきたいと思います。（這個會議在研究每個問題的同時，還要探討一下今後的發展方向）
NでもありNでもある NaでもありNaでもある AくもありAくもある	既是…也是	彼はこの店の創始者でもあり、今の店長でもある。（他既是這家店的創始者也是現任的店長） 娘の結婚は嬉しくもあり、寂しくもある。（對於女兒的結婚，我既是高興又感到寂寞）

3.表示選擇之句型

接　續	中　文	例　句（中文）
N／Na／A／V<u>か</u>	或	電車<ruby>電車<rt>でんしゃ</rt></ruby>かバス（か）で<ruby>行<rt>い</rt></ruby>く。（坐電車或巴士去） <ruby>韓国料理<rt>かんこくりょうり</rt></ruby>が<ruby>美味<rt>おい</rt></ruby>しいか<ruby>美味<rt>おい</rt></ruby>しくないかは<ruby>食<rt>た</rt></ruby>べて<ruby>見<rt>み</rt></ruby>なければわからない。（韓國料理好不好吃得吃看看才曉得）

4.表示列舉之句型

接　續	中　文	例　句（中文）
A<u>し</u> N／Na だ<u>し</u>	又…又…	あの<ruby>店<rt>みせ</rt></ruby>の<ruby>料理<rt>りょうり</rt></ruby>は<ruby>安<rt>やす</rt></ruby>いし、うまい。（那家店的料理便宜又好吃）
Nのほか Naなほか A／Vほか	除…之外	<ruby>今日<rt>きょう</rt></ruby>は<ruby>授業<rt>じゅぎょう</rt></ruby>に<ruby>出<rt>で</rt></ruby>るほかには<ruby>特<rt>とく</rt></ruby>に<ruby>何<rt>なに</rt></ruby>も<ruby>予定<rt>よてい</rt></ruby>はない。（今天除了上課外沒有什麼特別的計畫） <ruby>今度<rt>こんど</rt></ruby><ruby>引越<rt>ひっこし</rt></ruby>したアパートは、ちょっと<ruby>駅<rt>えき</rt></ruby>から<ruby>遠<rt>とお</rt></ruby>いほかはだいたい<ruby>希望通<rt>きぼうどお</rt></ruby>りだ。（這次搬家的公寓除了離車站稍遠外，大致和期望的一樣）
Nほか（他）	…（代表）等	<ruby>田中<rt>たなか</rt></ruby>ほか<ruby>三名<rt>さんめい</rt></ruby>が<ruby>出席<rt>しゅっせき</rt></ruby>する。（田中等三名參加）
N／Naだっ<u>たり</u> A-かっ<u>たり</u> V-<u>たり</u>	（表示列舉：最後通常接する）	<ruby>休日<rt>きゅうじつ</rt></ruby>にはテレビを<ruby>見<rt>み</rt></ruby>たり、<ruby>音楽<rt>おんがく</rt></ruby>を<ruby>聴<rt>き</rt></ruby>いたりする。（假日都看看電視啦、聽聽音樂啦）

5.表示條件之句型

接　續	中　文	例句（中文）
N／Naだと A-い<u>と</u> V-る<u>と</u>	一…就…	酒<ruby>酒<rt>さけ</rt></ruby>を<ruby>飲<rt>の</rt></ruby>むと<ruby>顔<rt>かお</rt></ruby>が<ruby>赤<rt>あか</rt></ruby>くなる。（一喝酒就臉紅） <ruby>気温<rt>きおん</rt></ruby>が<ruby>低<rt>ひく</rt></ruby>いと<ruby>桜<rt>さくら</rt></ruby>は<ruby>咲<rt>さ</rt></ruby>かない。（氣溫一低櫻花就不開）
N／Naだっ<u>たら</u> A-かっ<u>たら</u> V-<u>たら</u>	要是…的話就…	<ruby>雨<rt>あめ</rt></ruby>が<ruby>降<rt>ふ</rt></ruby>ったら<ruby>試合<rt>しあい</rt></ruby>は<ruby>中止<rt>ちゅうし</rt></ruby>する。（要是下雨的話就停止比賽） <ruby>雨<rt>あめ</rt></ruby>だったら<ruby>道<rt>みち</rt></ruby>が<ruby>渋滞<rt>じゅうたい</rt></ruby>する。（要是下雨的話道路就會擁塞）
N／Na<u>なら</u> N／Naだった（の）<u>なら</u> A-い／A-かった（の）<u>なら</u> V-る／V-た（の）<u>なら</u>	要是…的話就…	<ruby>彼女<rt>かのじょ</rt></ruby>のことがそんなにきらいなら<ruby>別<rt>わか</rt></ruby>れたらいい。（要是討厭他的話就分手好了）
V-る／V-ている<ruby>限<rt>かぎ</rt></ruby><u>り</u>	只要…就	この<ruby>部屋<rt>へや</rt></ruby>にいる<ruby>限<rt>かぎ</rt></ruby>りは<ruby>安全<rt>あんぜん</rt></ruby>だ。（只要待在這個房間就安全）
N／Na<u>でも</u> A-く<u>ても</u> V-<u>ても</u>	即使…也	<ruby>病気<rt>びょうき</rt></ruby>でも<ruby>休<rt>やす</rt></ruby>めない。（即使生病也不能休息） <ruby>風<rt>かぜ</rt></ruby>が<ruby>冷<rt>つめ</rt></ruby>たくても<ruby>平気<rt>へいき</rt></ruby>だ。（即使風再冷也不在乎） <ruby>疲<rt>つか</rt></ruby>れても、<ruby>頑張<rt>がんば</rt></ruby>る。（即使累也要努力）

「たら」「なら」「と」「ば」都是在某種條件下的敘述，有時彼此可以互用，有時則不能互用，以下解說之各種句型都有類似的句型，然本書的目的在於看懂科技日文，因此至於其差別為何就不在本書的說明範圍，讀者可找更專業的日文書籍閱讀。

　　6.表示理由之句型

接　　續	中　　文	例句（中文）
N／Naだから A／Vから	因為…所以…	今日は土曜日だから、銀行は休みだ。（今天星期六所以銀行休息） 星が出ているから明日もいい天気だろう。（星星出來了所以明天也是好天氣吧）
N／Naなので A／Vので	因為…所以…	風邪をひいたので会社を休んだ。（因為感冒所以沒上班） 病気なので会社を休んだ。（因為生病所以沒上班）
Nのため（に） Naなため（に） A／Vため（に）	由於… 因為…	事故のため渋滞している。（由於交通事故而塞車） 台風が近づいているために波が高くなっている。（由於颱風正接近中，所以風浪很大）

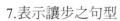

7.表示讓步之句型

接　　續	中　　文	例句（中文）
N／Naが（けれども） A／Vが（けれども）	但是，卻	綺麗（きれい）だが高（たか）い。（漂亮但貴） 頑張（がんば）ったが失敗（しっぱい）した。（努力卻失敗了）
N／Naなのに A-い／A-かったのに V-る／V-たのに	雖然…卻…， 居然…	4月（がつ）なのに真夏（まなつ）のように暑（あつ）い。（才四月卻像盛夏一樣熱） 雨（あめ）なのに出（で）かけた。（下雨居然還出去）
A／Vものの	雖然…但是…	登山靴（とざんぐつ）を買（か）ったものの、忙（いそが）しくて一度（いちど）も山（やま）へ行（い）っていない。（買了登山鞋但是忙的一次也沒去過）
N／Na（だ）と（は） いっても A／Vと（は）いっても と（は）いっても	雖說	初（はじ）めて小説（しょうせつ）を書（か）いた。とはいっても、ごく短（みじか）いものだ。（我第一次寫小說，雖這麼說，也是很短的作品）
N／Na（だ）とはいえ A／Vと（は）いっても と（は）いっても	雖然…但是…	国際化（こくさいか）が進（すす）んだとはいえ、やはり日本社会（にほんしゃかい）には外国人（がいこくじん）を特別視（とくべつし）する態度（たいど）が残（のこ）っている。（雖然進入國際化，但在日本社會中仍殘留著對外國人另眼相看的態度）
N／A／Vにもかかわらず Naであるにもかかわらず	雖然…但是…， 儘管…還是…	悪条件（あくじょうけん）にもかかわらず、無事登頂（ぶじとうちょう）に成功（せいこう）した。（儘管條件惡劣，但還是成功登上了山頂）

8.表示目的之句型

接　　續	中　文	例句（中文）
Nのために V-るために	為了	家を買うために朝から晩まで働いている。（為了買房子從早到晚地工作）
V-る／V-ないように	為了	後ろの席の人にも聞こえるように大きい声で話した。（為了讓後座的人也能聽到而大聲地講話）
V-るには	要…就得	そのホテルに泊まるには予約をとる必要がある。（要住宿那家飯店需預先預約）

✍ 練習

以下為表示決定、決心的句型，請先上網查查以下的句型的例子，先想想其意思和接續，再查查文法書了解如何正確使用，其意義又為何？

1.ことにする

2.ことにしている

3.ことになる

4.ことになっている

第三節　複合格助詞之常用句型

有一些原爲意義及用法不同的格助詞，因相互緊密結合，在意義、用法上已成爲不可分割的一個助詞，其功用和格助詞相同，一般接於體言（名詞、代名詞等）之後，表示其前面所接語詞在句中的位格關係。因爲此類的複合格助詞在科技資訊文章中經常出現，因此，本節說明各種複合格助詞的常用句型，限於篇幅的關係，本節對於意思容易從字面上去了解的複合格助詞常用句在此就省略，僅就意思較特別或用法較特殊的複合格助詞常用句進行舉例及說明，說明中會有中文的意思及例句，若有中文意思容易搞錯的句型也會有詳細的意思說明。

❖ Nをおいて／除…之外

1.人生計画について相談するなら、彼をおいて他にはいないだろう。

／要談人生規劃的話，除了他以外沒有別人了。

2.あなたをおいて適任者はいない。／除了你沒有適任的人了。

❖ Nを基に／在…的基礎上、以…爲基礎、根據…

此句型用於表示「將某事做爲材料、根據等」。

1.お客様のご要望をもとに改善致します。／根據客戶的希望進行改善。

2.平日の試験結果をもとに、成績を評価する。／根據平時的考試結果打成績。

❖ **Nをもって／以…、用…、拿…／以此…**

　　1.自信をもって頑張ってください。／請保持自信努力去做。

　　2.このレポートをもって、結果報告とする。／以此報告做為結果報
　　　告。

❖ **Nでもって／用、以，でもって／而且、然後**

　　1.行為でもって誠意を示しなさい。／請以行動表示誠意。

　　2.彼は数学天才です。でもって、スポーツも堪能です。／他是個數學
　　　天才，而且運動樣樣通。

❖ **Nとして／當作、做為**

　　1.趣味として日本語を勉強している。／把日文當作興趣學習。

　　2.学長の代理として会議に出席した。／代替校長（作為校長的代理
　　　人）出席會議。

　　註：日文中学長是大學校長的意思，而高中以下的校長則為校長，
　　　　而學長姐是先輩（也使用OB），學弟妹則是後輩。

❖ **N／V-る　に当たって（にあたり）／在…的時候、正
值…之際**

　　用於接名詞及動詞辭書形，表示「已經到了事情的重要階段」的意
思，にあたり是更形式化的說法。

　　1.このサイトの利用にあたっての注意事項を説明する。／說明使用此

網站的注意事項。

2.試合に臨むにあたって、相手の弱点を徹底的に研究しなきゃ。／正

當面臨比賽之際，必須徹底地研究對手的弱點。

註：しなきゃ的なきゃ是なければ（いけない：ならない）的口語縮減

講法，有「不得不…／必須…」的意思。

❖ Nにおいて（NにおけるN）／在…時候、在…情況下、在…方面

接在場所、時代或狀況的名詞後，表示事件發生或某種狀態存在的背

景，此時可與で替換，接於某種領域的名詞後表示「關於」、「在那一點

上」的意思，後面多用對事物的評價或與其他事物做比較的表達方式。後修

飾名詞時，使用における連接。

1.調査の過程において、様々なことが明らかになった。／在調査過程

中弄清楚了各種問題。

2.台湾の化学学会において彼の右に出る者はいない。／在台灣的化學

學會中無人能出其右。

3.過去における過ちを謝罪する。／對過去的犯錯致歉。

❖ Nに応じて（Nに応じたN）／根據…、按照…

表示「根據其情況的變化或多樣性」進行相對應的動作。後接名詞時使

用に応じた。

1.功績に応じて、報酬を与える。／按照功績給與報酬。

2.情報に応じた戦法たとる。／根據情報制定戰術。

❖ **Nについて　（NについてのN）；Nに関して　（Nに関するN）／關於…（的）、與…有關（的）**

　　是由動詞「関する」演變而來，表示「與…有關（的）」，Nに関して
比について的用法稍爲正規；後接名詞修飾時使用「Nに関するN」或「N
についてのN」的形式，這種方式在很多常用句型中是可以適用的，之後的
類似用法在句型中不再敘述，請讀者理解。

　　1.将来についての夢を話した。／談了有關將來的夢想。

　　2.この事件に関する報告があった。／有了關於這個事件的報告。

❖ **N／V-る　に際し（て）／當…之際、當…時候**

　　是由動詞「際する」演變而來，表示「以某件事爲契機」的意思，
「際する」的「て形（際して）」和「ます形（際し）」都是可以當作中止
形，而一般ます形當中止形比用て形當中止形更適於書面使用，這種方式在
很多常用句型中是可以適用的，之後的類似用法在句型中不再敘述，請讀者
理解。

　　1.議員選挙に際し、不正な行爲があったとの噂を聞いた。／有傳聞說
　　　在選議員的時候有不正當的行爲。

　　2.お別れに際して、一言ご挨拶を申し上げます。／臨別之際，請允許
　　　我說幾句話。

❖ **N / Naなの / A-いの / Vの　に対して / 針對於…**

是由動詞「対する」演變而來，表示「針對某事物」的意思；接續方法中Naなの / A-いの / Vの的接續可視爲N的衍生用法，亦即利用代名詞の來名詞化動作或狀態，讀者有此觀念後有助於了解更多的句型，請讀者記住。

1.私の質問に対して、何も答えてくれなかった。／針對我的問題，沒有給我任何回答。
2.議員候補者の田中さんの発言に対して、猛烈な反対があった。／針對議員候選人田中的發言，有了強烈的反對。

❖ **Nとって / 對於…來說**

多接於人或組織的名詞之後，表示「從其立場來看」的意思，是非常常用的口語和文書用法。

1.貴方にとって、正義とは何ですか？／對你來說，正義是什麼？
2.私にとって、英語は難しいです。／對我來說，英語很難。

❖ **Nによって / 由於…、因爲…、由…、被…、根據…、透過…、依據…**

是由「因る、縁る、依る、由る」的動詞演化而來，一般不使用漢字，接於名詞之後，用以表示「那就是原因」、「以此爲手段」、「以此爲依據」、「依據其中的種種情況」等意思，也可以表示被動句的動作主體。

1.人によって考え方が違う。／想法因人而異。
2.貴方の発言によって、彼を傷つけてしまった。／由於你的發言，傷

快速讀懂日文資訊（基礎篇）──科技、專利、新聞與時尚資訊

　　害了他。

3.敵の猛烈な反撃によって、苦しめられた。／由於敵人激烈的反擊，

　　使我們苦不堪言。

　　衍生相關用法有：利用による接名詞，用助詞と（一…就…）連接，或

用假定形的方式表達。

　　NによるN、Nによると、Nによれば／根據…、按照…

❖ **Nにわたって　（Nにわたり）／在…範圍內、涉及…、**

　　一直…

　　是由「渉る、亘る、渡る」的動詞演化而來，一般不使用漢字，接於表

示期間、次數、場所的範圍等詞，形容其規模之大，後常伴有行う／続ける

／訪ねる等動詞，て形「にわたって」與ます形「にわたり」皆可，用於正

規的文體。

1.この研究は10年にわたって続けてきた。／這個研究已經持續了10年。

2.話し合いは数回にわたり、最終的には和解した。／經過數次的協商

　　終於達成和解。

✎ 練習

請從「あたって」、「おいて」、「限って」、「対して」、「際し

て」、「ついて」、「とって」、「よって」、「わたって」中選擇

適當用語（限用一次）填入下列句中。

1. 本研究室はポリマーメモリに（　　　　　　　）研究しています。／本研究室正進行有關高分子記憶體的研究。

2. 現代に（　　　　　　）それはすでに常識です。／這在現代已經是一般常識了。

3. 帰国に（　　　　　　）指導教授にプレゼントさえ頂きました。／回國時，指導教授還送我禮物。

4. 展覧会は一週間に（　　　　　　）開催されています。／展覽會將舉行一星期。

5. 誕生日に（　　　　　　）、友達から沢山の祝福を頂きました。／生日時收到朋友很多的祝福。

6. 休日に（　　　　　）、学校へ来ません。／只有假日不到學校。

7. 質問に（　　　　　）答えます。／針對問題回答。

8. 日本人（　　　　　）、敗戦に（　　　　　　）受けたショックは大きかったです。／對日本人而言，戰敗所帶給他們的衝擊很大。

第四節　形式名詞的句型

　　形式體言又稱爲「形式名詞」；此種名詞（如：こと、もの、の、ところ…）因本身意義抽象不能單獨表達充分的意思，所以經常是以補助性、形式性的方式接在用言或句子之後，形成一個句節來當「主語」或「述語」，

快速讀懂日文資訊（基礎篇）──科技、專利、新聞與時尚資訊

其用法類似英文文法裡的「動名詞」、「不定詞」、「從屬子句」、「關係代名詞」，是連接句節、句子、寫長文不可缺的語詞。形式體言的種類可分為補助敘述、補助接續及補助添意的形式體言：

　　1.補助敘述的形式體言有：もの、こと、の、ところ…。

　　2.補助接續的形式體言有：ところへ、ところで、ゆえに、ものの、くせに…。

　　3.補助添意的形式體言有：こと、もの、つもり、わけ、はず、なに、ところ…。

　　以下介紹幾個常用的形式名詞供讀者學習，簡單的概念就是在於將述詞「名詞化」，因此其接續方式大都是Nの／Naな／V／A+形式名詞，語尾的連接方式則與名詞用法相同，以下不再敘述接續方法。

❖ の／こと／もの／ところ　…一事、…東西、…地點

　　經常用的形式名詞，有些情況的使用是相通的，有些則不能相通，大致可以理解成：の可做為前面說過的東西做為代名詞用，可以是事情、物品、地點等，こと／もの／ところ則分別名詞化為事情、物品、地點。

　　1.もう少し大きいの（もの）はないですか。／沒有稍微大一點的嗎？

　　2.やりたいこと（の）はないですか。／沒有想做的事嗎？

　　3.昨日行ったところは私達の秘密です。／昨天去的地方是我們的秘密。

❖ はず／應該…、按說…←→はずがない／不應該

　「はず」用於說話者根據某些依據闡明自己認爲肯定的那樣，判斷的根據必須符合邏輯。否定的「はずがない」則用於表示說話者的強烈懷疑。

　　1.田中さんは中国に行くと言っていたから、明日の会議に来ないはずだ。／田中說要去中國，所以明天的會議應該不會來。

　　2.明日も父は仕事するはずだ。／明天爸爸應該也要工作。

❖ わけ／自然…、就是…、也就是說、因爲〈理由〉、怪不得〈理解〉

　也就是「訳」，一般不使用漢字，用以表示必然得出的結論、原因的說明、以及理解原因時使用。

　　1.彼は台湾で5年間働いていたので、台湾の事情にかなり詳しいわけだ。／他在台灣工作了5年，自然對台灣的情況相當熟悉了。

　　2.彼は犬を3匹飼っている。一人暮らしで寂しいわけだ。／他養了三條狗，因爲一個人的生活太寂寞了。

❖ まま／就那樣…、一如原樣、仍舊

　用於表示同一種狀態的持續不斷，或沒有其他後續的動作。

　　1.彼は先月からずっと会社を休んだままだ。／他從上個月開始一直休息沒來上班。

　　2.急いでいたので、さよならも言わないまま帰ってきました。／因爲很急，連再見都沒說就回家了。

❖ とおり／正如、按照

　　接於發話或思考的動詞之後，表示與發話或思考的內容相同之意。可與名詞或動詞ます形直接連接形成複合名詞，此時會音變成どおり，亦即N／R-どおり的形式。

　　1.私の言ったとおりにしてください。／請照我說的做。

　　2.自分の考えどおりにしてくだしい。／請照自己想的做。

❖ つもり／打算、準備

　　用以表示說話者或第三人稱的意願或意圖。

　　1.来月は日本へ旅行するつもりです。／下個月打算去日本旅行。

　　2.たばこをやめるつもりです。／打算戒掉香菸。

❖ うえ／（＋で）在…時、在…方面、在…之後、（＋は）既然…、（＋に）加上、而且

　　「うえで」表示「在做某事時／在做某事的過程中／根據先前動作的結果再採取下一動作」的意思；「うえは」接於責任、決心等行為用語後，表示「正因為要做／做了這件事後」的意思，後續表達」必須採取與之對應的動作」；「うえ（に）」表示在某種狀態或發生某事的基礎上，追加發生了比其更好的狀態或事物。

　　1.先生に相談した上で、ゆっくり考えてもいいです。／與老師商量後再慢慢考慮也沒關係。

　　2.日本語の勉強を決心した上は、日本語検定の一級を取るまで頑張

る。／既然決心要學日文，就努力取得日語檢定一級。

3.このあたりは静かな上に、駅にも近く、住環境としては申し分ない。／這附近既安靜、離車站又近，做為居住環境再好不過了。

❖ ほう／…方面、…較〈比較〉…、最好是〈勸告〉…

由「方」衍生而來，用於代表某方向或某方面，也可用於比較事物或行為進行勸告。

1.新幹線で行くほうが飛行機で行くより便利だ。／搭新幹線比搭飛機去方便。

2.そんなに頭が痛いんだったら、病院に行ったほうがいい。／如果頭那麼疼的話，最好還是去醫院。

❖ くせに／可是、卻

使用「AくせにB」的形式，用於表示後續B的事態與從A的內容出發當然應該發生的情況不符，事態B多為貶意，也可使用くせして代替，須注意的是主句和子句的主語不同時不得使用。

1.本当に知っているくせに（くせして）、知らないふりをしている。／真的知道卻裝作不知道。

2.あの選手は体が大きいくせに（くせして）、まったく力がない。／那個選手塊頭很大卻完全沒有力氣。

❖ ものの／雖然…但是

　　是由形式名詞もの語格助詞の而來的句型，表示逆接的確定條件，和一般所推測的事不符，在現代語中也用「とはいうものの」的慣用句型表示。

　　1.習（なら）いはしたものの、すっかり忘（わす）れてしまった。／雖然學過，卻完全忘記了。

　　2.新（あたら）しい登山靴（とざんぐつ）を買（か）ったものの、忙（いそが）しくてまだ一度（いちど）も山（やま）へ行（い）っていない。／雖然買了新的登山鞋，但因為太忙一次也沒去過。

❖ 限（かぎ）り／儘量、在…的範圍內、只要…就…、除非…否則就…

　　表示「達到最高限度、極限」，或「在認知、經驗的範圍來判斷的話」，或「只要不發生某些事」的條件表述範圍。

　　1.できる限（かぎ）りの努力（どりょく）をした。／盡了最大的努力。

　　2.私（わたし）の知（し）る限（かぎ）り、彼（かれ）は嘘（うそ）をつく人（ひと）ではない。／就我所知，他不是會說謊的人。

　　3.練習（れんしゅう）しない限（かぎ）り、上達（じょうたつ）もありえない。／只要不練習就不可能變厲害。

❖ うちに／在…之內、趁…時、…著…著

　　表示「某一狀態持續的期間」，或表示「在做某事期間」。

　　1.熱（あつ）いうちに、早（はや）く食（た）べてください。／趁熱的時候快點吃。

　　2.彼女（かのじょ）は話（はな）しているうちに、泣（な）き出（だ）した。／她說著說著就哭出來了。

✍ 練習

請從「はず」、「わけ」、「まま」、「とおり」、「つもり」、「うえ」、「ほう」、「くせに」、「ものの」、「うちに」中選擇適當用語（限用一次）填入下列句中。

1.靴を履いた（　　　）出入りします。／穿著鞋子進進出出。

2.事実を言った（　　　）、誰も信じてくれません。／說了事實，卻沒有人相信。

3.覚えている（　　　）に、ノートに書く。／趁還記得的時候寫在筆記本上。

4.よく考えた（　　　）で、返事をするつもりだ。／仔細考慮完後打算回答。

5.春の（　　　）に冬のような天気だ。／明明是春天卻像冬天的天氣。

6.君はそれを知っている（　　　）だ。／你應該知道那件事的。

7.別に反対する（　　　）ではない。／沒有什麼反對的道理。

8.予想した（　　　）の成果が出た。／得到如預期般的成果。

9.もっと味を濃くした（　　　）がいい。／味道稍微濃一點比較好。

第五節　其他專利日文中常用句型

　　以上依各種機能性句型，複合格助詞常用句型及形式的分類，彙整科技日文中常見的句型，及其接續、中文解釋，並以例句說明，由於本書篇幅有限，難以將所有句型包括，若閱讀日文資訊時有彙整之句型中未言及者，讀者亦可參閱各種文法類型參考書或於網路上查詢，對讀完此書的讀者或已具有日文基本文法概念之讀者，本人強烈推薦黑潮出版社出版、砂川有里子等所著之「日本語文型辭典」，該書幾乎涵蓋所有的句型。本章最後再將科技資訊日文中常遇到的句型做彙整說明，希望能對讀者在閱讀資訊文章時有所幫助。

❖ あえて…ない／不一定要…、不必…

　　あえて…ない相當於「むりに…しない」。表示「不勉　做某事」。あえて也會和「ことはない」「あたらない」「及ばない」連用，表示「不必非要做」，「不勉強（不硬要）做某事」。

1.体の具合が悪いようなら、明日あえて出勤するには及ばない。／如果身體不好，明天不一定要上班。

2.あなたが話したくないことを、わたしはあえて聞こうとは思わない。／你不想說的事情，我不一定要問。

3.バスで行けるなら、あえてタクシーを利用することはない。／如果公車能到的話，不一定非要坐計程車。

❖ N／R-がち／容易…

結尾詞。接在一些名詞或動詞「ます」連用形之後構成複合形容動詞。表示某個不好的情　經常發生，或存在某種不好的　向。意爲「往往…」、「動不動就…」、「經常…」

1. 何度も失敗をすると、また失敗をするのではないかと考えがちになる。／如果多次失敗的話，往往會想這次是否又會失敗。
2. 通勤に車を使っていると、運動不足になりがちだ。／經常坐車同勤，容易造成運動量不足。

❖ N／Nであるの／Naであるの／Naなの／A／Vの は言うまでもない／不用說、當然

「言うまでもない」由「言う」和「までもない」構成。而「までもない」表示事物沒有達到某種程度，即沒有必要進行某動作。前接「言う」表示不用說也很清楚。表示從常識來看理所當然，很明顯的事，不用說都知道。

最主要的接續方式爲「Nは言うまでもない」，其他用法可視爲名詞N的延伸接續方式用の（相當於こと）將其他品詞名詞化，「Nであるの／Naであるの／Naなの／A／Vのは言うまでもない」。

1. まだ子供なんだから、遊びがすきなのは言うまでもないことだ。／還是小孩子嘛，當然喜歡玩。
2. 歴史と文化を十分尊重すべきことはいうまでもないことだ。／對歷史與文化當然應該給予充分的尊重。

快速讀懂日文資訊（基礎篇）──科技、專利、新聞與時尚資訊

3.一国の首都はその国の政治、経済、文化の中心であることは言うまでもない。／一個国家的首都當然是該國的政治、経濟、文化中心。

❖ いずれにしても／不管如何、不管怎樣

「いずれ」是不定稱代名詞，表示「某一個」的意思。和「にしても」、「にせよ」、「にしろ」連用，表示「即使在這種情況下也～」。無論舉出什麼樣的情況，結果都一樣。

用於句子或段落的起始，表示「雖然有各種的可能性，但不管哪一種可能性，反正都會…」的意思。在較鄭重的場合，還可使用「いずれにしろ」、「いずれにせよ」，並可與「何にしても」作替換。

1.行くか行かないか、いずれにしてもお知らせします。／不管去還是不去，我都會告訴你的。

2.いずれにしても、今学期からゲーセン（ゲームセンター）には行ってはいけない。／不管怎樣，這學期開始不准去網咖。

❖ 數詞　おきに／每隔（時間或距離）…

主要接於表示時間或距離的數量詞後，表示「固定間隔一段時間或距離」的意思。

1.この薬は4時間おきに飲んでください。／請每隔4小時吃這個藥。

2.二週おきに病院へ行きます。／每隔兩週去醫院一次。

※在表示時間帶或一段距離上的一個點時，可與下一個句型的每に互換，但當數字為1時，意思將有不同。

1.1ヶ月<ruby>毎<rt>かげつ</rt></ruby>おきに<ruby>会議<rt>かいぎ</rt></ruby>が<ruby>開<rt>ひら</rt></ruby>かれる。/ 每隔1個月開一次會（兩月開一次）。

2.1ヶ月<ruby>毎<rt>かげつごと</rt></ruby>に<ruby>会議<rt>かいぎ</rt></ruby>が<ruby>開<rt>ひら</rt></ruby>かれる。/ 每1個月開一次會（每月開一次）。

❖ N／V-る　<ruby>毎<rt>ごと</rt></ruby>に／毎（時間或距離）…

用以表示反覆出現事情的次數，當前面接數詞時與「おきに」類似（見おきに說明），當接其他名詞或辭書形動詞時，表示「在所有完整事情的每一次」的意思。

1.<ruby>閏年<rt>うるうどし</rt></ruby>は4<ruby>年<rt>ねん</rt></ruby>ごとにくる。/ 閏年每四年來一次。

2.<ruby>彼<rt>かれ</rt></ruby>は<ruby>事毎<rt>ことごと</rt></ruby>に<ruby>私<rt>わたし</rt></ruby>に<ruby>反対<rt>はんたい</rt></ruby>する。/ 他每件事都反對我。

❖ Nの／V-る <ruby>恐<rt>おそ</rt></ruby>れがある／有…危險、恐怕

表示有發生某種事情的可能性，但僅限於不可喜的事件。

1.たばこを<ruby>吸<rt>す</rt></ruby>うのは<ruby>健康<rt>けんこう</rt></ruby>を<ruby>損<rt>そこ</rt></ruby>なう<ruby>恐<rt>おそ</rt></ruby>れがある。/ 抽菸恐怕有損身體健康。

2.そういう<ruby>事故<rt>じこ</rt></ruby>は<ruby>再発<rt>さいはつ</rt></ruby>する<ruby>恐<rt>おそ</rt></ruby>れがある。/ 這樣的事故有再發的危險。

❖ N／Naなの／Aの／V-る　に<ruby>限<rt>かぎ</rt></ruby>る／最好…

用於在某種情況下的建議「最好…」，通常伴著「…なら／たら」使用，接續方法其中Naなの／Aの的接續可視爲N的衍生用法，亦即利用の的代名詞來名詞化，須注意的是動詞是用辭書形，因爲建議內容尚未進行。

1.<ruby>疲<rt>つか</rt></ruby>れた<ruby>時<rt>とき</rt></ruby>は<ruby>温泉<rt>おんせん</rt></ruby>に<ruby>行<rt>い</rt></ruby>くにかぎるね。/ 累的時候最好去洗溫泉。

2.せっかくデジカメを買い換えるなら、画素が高いのにかぎる。／好不容易要買數位相機，最好買畫素高的。

❖ Nに限ったことではない／不光是…、不只是…、不僅僅…

用於表示「問題不僅限於此」，一般用於負面評價，表示不僅有這種情況，還有其他情況。

1.陳さんが遅刻するのは今日にかぎったことではない。／陳先生遲到不光是今天而已。

2.日本の物価の高さは東京にかぎったことではない。／日本物價高，不僅僅只有在東京。

衍生相關用法有

N／Na／A／V　とはかぎらない／不見得、未必

N／Na／A／V-ない　ともかぎらない／說不定、未必、難保

・先生の言うことが正しいとは限らないし、本に書いてあることが正しいとも限らない。／老師說的未必對，書上寫的也未必正確。

❖ 必ずしも…ない／不一定、未必、不儘然

表示如果A就一定B的道理，並不是時時刻刻都適用的意思。常與「わけではない」、「とは限らない」等表達方式一起使用。

1.金持ちが必ずしも幸せだとは限らない。／有錢人不一定就幸福。

2.医者は必ずしも長生きをしない。／醫生未必長壽。

❖ R-兼ねる / 不能…、難以…、…不了

接於動詞連用形後，表示這樣做有困難或不可能的意思，有「即使想做／即使努力了，也不可能」的意思。

1. 陳さんは人柄の測りかねる人物だ。／陳先生是個深不可測的人物。
2. その点には賛成しかねる。／很難贊成這一點。

❖ R-兼ねない / 很可能

是上述句型的否定，句型雖然是否定的說法，但卻是表示「有這種可能性、危險性」的意思，僅能用於說話者對某事物的負面評價。

1. その少年は盗みをしかねない。／那個少年有可能偷竊。
2. その事が起こりかねない。／那件事有可能發生。

❖ ～かのように見える / 看上去像是…、看來好像…

用以表示「表面上使人那樣感覺、那樣想」的意思，也可以用「～かに見える」來表示。

1. 彼は他人の非難など全く意に介していないかのように見える。／看來他好像對別人的指責毫不介意似的。
2. 彼は一ヶ月も病気したかのように見える。／他看起來好像病了一個月。

❖ V-ざるをえない / 不得不…

V-ざる是將動詞否定V-ない的「ない」變為「ざる」而形成的，用以表

示「除此之外別無選擇」之意，可以與「V-るほかない」替換；需特別注意的是不規則動詞「する」必須使用「せざるをえない」。

1. 先生に言われたことだから、やらざるを得ない。／因為是老師吩咐的，所以不得不做。

2. 不正には抗議せざるを得ない。／不得不抗議不公。

❖ **N／Na／A-／R-すぎ（る）／太過…、過度…**

表示狀態或動作超過一般的水準。

1. お酒を飲みすぎて、頭が痛い。／酒喝太多，頭好痛。

2. 彼はまじめすぎて、面白みに欠ける。／他太正經八百，缺乏風趣。

3. 彼は太りすぎだ。／他太胖了。

❖ **V-た　ところ／〈順接〉（表示偶然的契機）；**
V-た　ところが／〈逆接〉可是…、然而…

順接時，後接的事是說話者以前面的動作為契機發現的事態，而逆接時表示結果與期待、或預想相反之意，可與「のに」互換。

1. 先生にお願いしたところ、早速承諾の返事を頂いた。／我拜託老師，〈沒想到〉立刻得到了他答應的回答。

2. うまくいくだろうと思っていたところが、失敗した。／想說應該會進行得很順利卻失敗了。

❖ Nの / V-る　度に / 毎次

表示反覆發生的事情的每一次。

1.健診のたびに太りすぎだと言われる。 / 每次健康檢查都被說太胖了。

2.山に行く度に、雨に降られる。 / 每次爬山都遇上下雨。

❖ N（である）/ Na（である）/ A / V　に違いない / 一定是…、肯定是…

表示說話者以某事爲依據，做出非常肯定的判斷，一般可以用「きっと…と思う」的表達方式取代。

1.幸せそうな顔をして、恋に落ちたに違いない。 / 看那幸福的臉，肯定戀愛了。

2.彼女はお金持ちに違いない。 / 她肯定是個有錢人。

❖ V-て　しまう / 〈完了〉…完，〈感慨〉，已經…了

爲動詞的て形+しまう而成的句型，「てしまう」相當於在口語中的「ちゃう」，可用於表示動作過程的完了，也可以表示對某事可惜，也可以表示過去的某段時間已經完了的意思，是何種意思必須看前後文判斷，是非常常用的句型。

1.この本はもう読んでしまったから、あげます。 / 這本書已經看完了，所以送給你。

2.母が作ったケーキは弟に食べられてしまった。 / 媽媽做的蛋糕被弟

弟吃了。

3.妹はあっという間に寝てしまった。 / 妹妹一瞬間就睡著了。

❖ ～と言われている / 據說，大家都說

用說（言う）的被動態狀態來表示一般人所認為的事。

・この泉の水を飲めば若返ると言われている。 / 據說喝了這裡的泉水
可以返老還童。

❖ ～という訳だ / 就是說

～という訳ではない / 並不是…，並非…

「～という訳だ」用於說明〈結論〉、〈換言之〉、〈理由〉等用
法，「～という訳はない」則用於否定從現在的狀況或表達內容中引出的必
然結果。

1.台湾とは時差が1時間あるから、日本が10時なら台湾は9時だという
わけだ。 / 和台灣有1小時的時差，也就是說日本如果是10點台灣就
是9點。

2.弁解をするわけではないが、会議が長引いてどうしても抜けられな
かったのです。 / 並不是在辯解，而是會議拖得太長怎麼也脫不了
身。

❖ Rつつある / 正漸漸～

表示某一動作或作用正在向著某一方向持續發展著。

1.地球は温暖化しつつある。／地球正漸漸暖化中。

2.物価が上がりつつある。／物價正漸漸的上漲。

❖ N／V-る　につれて、N／V-ると共に／隨著…、伴隨著…、與…的同時

說明某事進展的同時，其他的事也在進展，與「と共に」用法相同。

1.経済の開放につれて、中国が強くなった。／隨著經濟的開放，中國越來越強大。

2.設備が古くなるにつれて、故障の箇所が増えた。／隨著設備的老舊，故障的地方也越來越多。

❖ NからNにかけて／從…到…；

Nにかけて／在…方面、就…而論；

Nにかけて（も）／即使賭上…也要

「NからNにかけて」籠統表示兩個地點或時間之間，與明確表示兩個地點或時間之間的「…から…まで」的用法類似；「Nにかけて」表示「關於某件事」所做的評價；「Nにかけて（も）」表示「無論如何絕對」的強烈決心。

1.台風は今晩から明日の朝にかけて上陸するもようです。／看樣子颱風將於今晚到明晨之間登陸。

2.忍耐力にかけては人より優れているという自信がある。／有自信在忍耐力上比別人強。

3.命をかけても、彼を救出する。／即使賭上性命，也要救出他。

❖ **Nにかわって／代替、替**

是由動詞「代わる」變化而來的句型，表示應由某人做的事改由其他人來做。

・父にかわって、私が挨拶します。

❖ **R-にくい／難以…、不容易…←→R-やすい／容易…**

是由形容詞的「難い」和「易い」變化而來的常用句型，因此其變化語形容詞相同，接動詞的連用形，表示那樣的行為、動作很困難。

1.この本の文字が大きくて、年寄りにとって読みやすいです。／這本書的字很大，對老年人來說很容易讀。

2.君の質問に答えにくいです。／很難回答你的問題。

❖ **Nに従って／按照…、根據…**
　　V-るに従って／隨著…、伴隨…

連接於表示人、規則、指示等名詞後表示按其指示行動的意思；但接於動詞辭書形之後，表示「隨著其動作或作用的進展」的意思。

1.矢印に従って進んでください。／請依箭頭方向前進。

2.年取るに従って記憶力が下がっている。／隨著年紀增長，記憶力越來越差。

❖ **Nに因んで、Nに因む** / 與…有關、來自於…、因…而

由動詞因む衍生的句型，表示與之前的名詞有相關性。

1. これは仏教にちなんだものである。／這是與佛教有關的東西；這是來自於佛教的東西。

2. 地名にちなんで名をつける。／來自於地名的命名。

❖ **N／Naである／A／V　にも関わらず** / 儘管……

由動詞「関わる、係わる、拘わる」演變而來，表示「雖然是那樣的事態，但…」的意思，後接與預測相反的事態。

1. 雨にもかかわらず出かける。／儘管下雨還是要出去。

2. 規則で禁止されているにもかかわらず、彼はバイクで通学した。／儘管規定上是禁止的，他還是騎摩托車上學。

❖ **R-っぱなし** / 放置不管、置之不理；一直、總是

動詞連用形接「っぱなし」有兩個用法，一種表示「對本來應該做的事不去做，而保持原樣」的意思，多含有負面的評價；另一種用法則是表示相同的事情或狀態一直持續著。

1. ドアを開けっ放しにしないでください。／請不要把門敞開不關。

2. うちのチームはずっと負けっぱなしだ。／我隊總是輸。

❖ **Nをはじめ（として）** / 以…為首、以及

接於名詞之後用以舉出代表性的東西。

1.校長先生なはじめとして教職員一同本当にありがとうござい

ました。／校長以及全體教職員都很感激各位。

2.アメリカをはじめ多くの民主国家は選挙で議員を選出する。／以美

國爲首的很多民主國家都是以選舉方式選出議員。

❖ ～そう

　　和そう相關的常用句型有很多種，其接續方式不同也會有不同的意

思，以下分別就其接續方式與意義加以說明。

　　⮫ Nだ／Naだ／A／Vそうだ／聽說、據說、據…

接續於用言簡體後，表示該訊息步是自己直接獲得的。

1.新しい先生は厳しいそうだ。／新來的老師聽說很嚴。

2.米が値上がりしているそうだ。／聽說米價要上漲了。

　　⮫ Na／A-そう（だ／にみえる／にしている…）／好像、似乎、顯得…

表示說話者根據自己的所見所聞而做出的一種判斷，該句型的活用與形

容動詞的形式相同，如「そうにV」「そうなN」「そうではない」。

1.その映画は面白そうだ。／那部電影好像很有趣。

2.結婚披露宴で彼女はいかにも幸せそうに見えた。／在結婚宴會上，

　她顯得很幸福。

　　⮫ R-そう（だ／になる／にない…）／快要…可能要…、很可能…／

　　差點…險些

常用的句型有：「R- そうだ」表示某事態很可能發生；「R-そうにな

る」表示說話者的意志無法控制的現象即將發生；該句型後面的接續與形容

動詞的形式大致相同，但是否定形不能用「R-そうではない」要用「R-そうもない / そうにない / そうにもない」。

1.熱くてしにそうだ。 / 熱得要死。

2.びっくりして持っているガラスを落としそうになった。 / 嚇了一跳，差點把拿在手上的玻璃杯掉在地上。

➢ R-てしまいそうだ / 也許會…、恐怕會…

接於有意識動作的動詞後，表示與自己的意志相反，恐怕會做出某事的意思。

1.母の作った料理が美味しいから、全部食べてしまいそうだ。 / 因為媽媽做的料理太好吃了，也許會全部吃光光。

2.秋葉原に行って欲しいものがいっぱいありますから、衝動買いしてしまいそうだ。 / 去到秋葉原，因為有太多想要的東西，恐怕會衝動而大買特買。

❖ …ように / …ようなN / 〈舉例〉如…般的、像…那樣

用於舉例同一性質或內容的具體例子，這裡的「よう」用法如形容動詞，所以「…ように」猶如副詞子句，接名詞則用「…ようなN」。

1.お母さんが言ったように弟に伝えなさい。 / 按媽媽說的那樣告訴弟弟。

2.風邪を引いた時はみかんのようなビタミンCを多く含む果物を食べるといい。 / 感冒的時候，吃些像橘子那樣含維生素C多的水果最好。

❖ N次第だ / 全憑、視⋯而定

根據N的情況而變化。

・するかしないかは貴方次第だ。 / 做不做全看您了。

❖ R-次第 / （一旦）⋯立刻、隨即、馬上

用以表示某事剛一實現，立刻採取下一步動作。前半句多爲表示事情的自然經過，後半句則爲表示說話者有意識的行動。

・天気か回復し次第、出航します。 / 天氣一旦恢復，立刻出航。

❖ V-ていく⟷V-てくる / ⋯去、⋯著去⟷⋯來、⋯著來

這是相當常用的兩種句型，有時翻譯上是翻不出來的，是由「行く」、「来る」的動詞演變而來，但一般不使用漢字，接於動詞用來て形之後，表示時間、空間的移動，「V-ていく」表示動作的變化是由說話者之處或者是說話的時間點離去的空間或時間，「V-てくる」則恰爲相反。

1.学校まで走っていく。 / 跑步去學校。
2.雨が降ってきた。 / 下起雨來了。

❖ NをNとする / 以⋯爲⋯、把⋯當作⋯

把前面的事物當作後面的事物之意，名詞的部分也可以用名詞子句，在專利上常出現「Vことを特徴とする / 以～爲特徵」的句型，即是本句型的延伸。

1.窓のガラスを鏡として使います。 / 把窗戶的玻璃當作鏡子使用。

2.家を実験室として、科学実験をしている。／把家裡當作實驗室做科學實驗。

❖ Nにより／Nによると／Nによれば／藉由…、根據…

接於名詞或名詞子句後，可用「により」「によると」「によれば」，用以表達推測的依據。

1.天気予報によると、明日は晴れるそうです。／據天氣預報說，明天是晴天。

2.彼の話によれば、この茶碗は骨董品として価値の高い物だそうです。／據他說這個茶杯做爲古董有著很高的價值。

本章針對動詞的各種活用句型，以及常用的句型進行了簡單的說明，希望對資訊日文的閱讀有所幫助，由於句型是規整出來的固定用法，所以只要讀者能了解句型的主要內涵，可以讓自己更容易理解句型的本意，本書並非句型文法書，因此不可能將所有的句型列出一一說明，因此當讀者欲到新的句型時，請先試著查查句型中的動詞本意，再去了解其句型的意義和用法，再配合本書的各種概念，相信對學習日文句型一定有所幫助，當然要提升個人的日文能力，最重要的還是多讀文章、多做練習、多查字典。

✎ 練習

請查查以下的句型的例子，並了解如何使用，其意義又爲何？

1.だからといって

2.にすぎない

❀增廣日聞❀

こうきょ
皇居

| 東京皇居的正門石橋 | 京都御所之正門建禮門 |

　　皇居為天皇平時居住的居所，有東京及京都兩處，一般係指東京皇宮（圖為東京皇居的正門石橋，非俗稱二重橋的皇居正門鐵橋），位於京都的稱為京都御所，在明治維新的東京行幸後天皇就不再居住於京都御所，東京皇居為江戶時代末期德川將軍家江戶城之居所，皇居位於東京的中央，周圍為人氣頗高的慢跑道，皇居的住址表示為東京都千代田區千代田1番1号，郵遞區號為100-0001，根據日本財務省資料，皇居在日本國有財產價值在2009年5月時為2146億4487萬日圓。

8　日語長句解析

　　在科技日文文章或資訊日文中最常見的是長句的出現，因此本章將進入閱讀資訊日文的第四大難關長句，在學習英文時也有使用到關係代名詞以更詳細說明句子，但在英文中卻很少出現一整段由一句英文所構成的文章，但在資訊日文中尤其是日文專利，整段由一個句子所構成的情形是常有的情形，因此如何解析一句日文長句就變成很重要的一個閱讀技巧了，本章就是引導讀者如何解析一句長句日文，學會了此章的技巧後，再長的日文長句也不怕了。

第一節　文章的組成

　　在日文中「句（文）」是表達一個完整思想的單位，「句（文）」的最基本的單位就是「單語」，由數個單語成「文節」，每個「文節」在文中擔任的功能分為主語、述語、修飾語、接續語、感動詞等，由數個「文節」構成「句（文）」，再由許多的「句（文）」構成一個「段落」，最後由數個「段落」構成完整的「文章」；「段落」與「文章」相當容易了解，故僅引下列例子說明「單語」、「文節」與「句（文）」之關係。

　　<ruby>私<rt>わたし</rt></ruby>　は　<ruby>台湾<rt>たいわん</rt></ruby>　から　<ruby>日本<rt>にほん</rt></ruby>　へ　<ruby>留学<rt>りゅうがく</rt></ruby>　した。（單語）

快速讀懂日文資訊（基礎篇）──科技、專利、新聞與時尚資訊

私 は 台湾から 日本へ 留 学した。（文節）
わたし たいわん にほん りゅうがく

私 は台湾から日本へ留学した。（句（文））
わたし たいわん にほん りゅうがく

　　句子可分爲「單句」和「複句」，最簡單「單句」是指僅有一個述語的句子，如上述之例句即爲「單句」，而「複句」是指含有一個以上述語的句子，可分爲「子句」與「母句」兩部分，以句點爲結尾的主要述語的句子爲「母句」，主要述語以外的句子爲「子句」，故「複句」亦稱爲「有子句的母句」。「子句」是依附「母句」而存在，因此「子句」不能夠單獨存在。

　　根據研究，新聞報紙的句子的字數最長，其次是論文，再其次是小說，在平時的對話中句子的字數大多不長，一般而言字數在50字以上的句子可視爲「長句」，構造上皆屬於複句，在科技日文中，長句出現的頻率極高，因此希望藉由簡單的解說及整理，能讓讀者快速進入科技日文的領域。

　　長句的文章主要由複句所組成，其組成相當複雜，本書的目的在使讀者能於短期間內看懂科技日文，因此以看懂科技日文所需的基本概念及基礎作說明，詳細有關長句的分析可參閱趙順文所著之「日文長句分析」。按複句內的母句述語語幹意義可以結合「子句名詞組」和「子句副詞組」的成分當作必須結合項，作用相當於單句中的「名詞」和「副詞」，在此就「子句名詞組」和「子句副詞」加以說明。

✎ 練習

請分別指出下列句子的單語、文節。

1.数学のうちに、幾何というものがある。
　　すうがく　　　　　きか

2.自動車メーカーで世界販売が1000万台を超えるのはトヨタが初めて
　じどうしゃ　　　　　せかいはんばい　　　　　　　まんだい　こ　　　　　　　　　はじ

> となる。
> 3.NHKの住吉美紀アナウンサーが、俳優の谷部央年と親密に交際して
> いることが分かった。

第二節　子句名詞組

「子句名詞組」主要由「單句＋名詞組」所組成，名詞組前面加上一個或一個以上的單句作爲修飾語時，此名詞就叫做子句名詞，前面「子句」與後面「名詞」在型態上有「述語語尾＋名詞」和「の＋名詞」兩種。

「述語語尾＋名詞」的型態有1.名詞／形容動詞述語；2.形容詞述語；3.動詞述語等3種形式，在成分上可分爲「內在關係」與「外在關係」兩種，以下分別舉例說明。

「內在關係」意爲前面「子句」與後面「名詞」原屬於同一個句子，只是反過來用述語來修飾句子中的名詞，例如：

例一：

「王建民さんは台湾出身である。」（王建民是台灣出身的）

若要描述『王建民』則可使用子句名詞的修飾方式，將其寫爲

「台湾出身である王建民さん。」（台灣出身的王建民）

例二：

「山地には鳥が生息している」（在山地裏有鳥棲息）

或「鳥が山地に生息している」（鳥棲息於山地裏）

若要描述『山地』：「鳥が生息している山地」（有鳥棲息的山地）

若要描述『鳥』：「山地に生息している鳥」（棲息於山地裏的鳥）

「外在關係」係指前面子句為一完整的具體內容，後面的名詞為其上位概念的同位語，例如：

例一：

「地震で死傷者を出す原因。」（地震造成死傷的原因）

「地震で死傷者を出す」就是要說明的「原因」，用以詳細說明原因。

例二：

「ゴルフ場に殺虫剤を一切使えない方針。」（一概不允許在高爾夫球場使用殺蟲劑的方針）

「ゴルフ場に殺虫剤を一切使えない」就是要說明的「方針」，用以詳細說明方針。

「述語語尾+名詞」的型態依其時態而使用的述語語尾如表24所示。

表24　「述語語尾+名詞」中述語語尾的各種時態

述　語	肯　定	否　定	過　去	過去否定
名詞	である／の	ではない	であった／だった	ではなかった
形容動詞	である／な	ではない	であった／だった	ではなかった
形容詞	A-い	A-くない	A-かった	A-くなかった
動詞	V-る	V-ない	V-た	V-なかった

　　名詞述語語尾「である」可與「の」互換，而形容動詞語尾可與「な」互換，名詞或形容動詞語尾述語「であった」都可與「だった」互換，而「である」、「であった」等較屬於書面等正式文章的用法。

　　「子句名詞組」內的「子句」後可接「の」、「こと」、「ところ」等「形式名詞」形成，例如：「大学生活を支えているのがアルバイト収入だ。」（支撐大學生活端賴打工收入。）　中的「の」即為「形式名詞」（請參閱第七章常用句型之第四節形式名詞的句型）。

　　「の＋名詞」的「の」可視為代詞，可代替部份或全部述語，並且具有連接「子句副詞」（後述）與「名詞」的功能，可用於代替部份述語以及代替全部述語。

　　代替部份述語，省略的僅止於助動詞，例子如：

　　ビタミンCを配合の（する）薬。（調配了維他命C的藥）

　　代替全部述語，由於先前的助詞大多已隱約說明了動作，因此述語省略了，例子如：

　　未来への（向う）冒険者たち。（面對未來的冒險家們）

　　連接「子句副詞（形式副詞）」與「名詞」的例子如：

　　入口にかぎをかけての授業（入口上鎖的授課）

　　喜んで参加しようとの返事（高興參加的回函）

　　アルバイトしながらの苦学（半工半讀的苦學）

　　「〜ての」含有繼起、連續；原理、理由；方法、手段、狀況等之意。

　　「〜との」含有引用、想法、傳聞之意。

「～ながらの」含有同時動作之意，有時可與上述之「～ての」互換。

✍ 練習

請找出以下句子中的名詞子句組。

1. 以下為醫學相關報導部分內容。

海外でパーキンソン病患者に使われている皮下注射薬アポモルフィンがアルツハイマー病の症状を改善させる可能性のあることが、九州大学大学院医学研究院の大八木保政・准教授（神経内科学）らの動物実験でわかった。

2. 以下為經濟新聞相關部分報導內容。

トヨタ自動車が、2015年のグループ世界販売計画（ダイハツ工業と日野自動車含む）を1000万台超に設定する方向で最終調整に入ったことが3日、明らかになった。

第三節　子句副詞組

「子句副詞」可使用於表示子句與母句具有前後（〈～て〉〈～【ます形】〉）、同時或選擇（〈～ながら〉〈～か〉）、列舉（〈～し〉〈～ほか〉〈～たり、〉〈～だけでなく〉〈など〉）、條件（〈～と〉〈～ば〉〈～たら〉〈～なら〉〈～限り〉〈～ても〉）、理由（〈～から〉〈～の

で〉〈～ため〉）、讓步（〈～が（けれども）〉〈～のに〉〈～ものの〉
〈～とはいっても〉〈～とはいえ〉〈～にもかかわらず〉）、目的（〈～
ために〉〈～ように〉〈には〉）等關係上，本書僅說明常用的前後關係，
其他關係則已表現於常用句型中，對其他關係有興趣之讀者可參閱相關文法
書。

　「子句副詞」使用於子句與母句表示前後關係時使用中止形，有「～て
（て形）」、「～（ます形）」兩種，一般ます形比て形的表現更爲正式，
適合用於書面文章中，各種述語語尾的變化如表 25所示，而其時態則表現
於母句。

表 25　「子句副詞」之各種述語語尾的中止形變化

述　　語	て　　形	ます形
名詞／形容動詞	で／であって	であり
形容詞	くて	く
動詞	て形	ます形
動詞否定	ないで／なくて	否定形+ず（に）※
～ている	～ていて	～ており

　※「する」的動詞否定述語若使用「ます形」時，需使用「せず
　　（に）」。

　使用例句：

1.「製図は、機器を図解で示す方法であって、技術者の言葉といわれ
　　ている。」（製圖係用圖解來表示機械的方法，被稱爲技術者的語言。）

2.「樹脂は、粘度が高くて、よく接着剤に使われている。」（樹脂黏度高，經常使用於接著劑上。）

3.「この合成繊維は、天然繊維よりも強く、防火性がある。」（此合成纖維較天然纖維更堅固，且具有防火性。）

4.「銀は、化学元素の一つであり、自然界に存在している。」（銀是化學元素之一，存在於自然界。）

　　以上簡單之說明，已經足夠讓讀者對於「子句名詞組」和「子句副詞」的基本定義和在句中的接續方法有所了解，有了這樣的觀念，也就有了足夠的知識可以進行長句的解析了。

✍ 練習

請找出下列常句中有哪些副詞子句組。

1.以下為醫學相關報導部分內容。

遺伝子操作でアルツハイマー病の状態にしたマウスを使い、アポモルフィンを1カ月に計5回投与したグループと、投与していないグループ8匹ずつについて実験した。直径1メートルのプールで泳がせ、ゴールの位置をどの程度覚えているかを調べた結果、投与したグループでは投与前と比べ、ゴールにたどり着く時間が半分になり、回数も2倍に増えるなど記憶機能の改善がみられた。

2.以下為有關最新iPad2的報導內容。

実際に手に持ったときの重さは、初代iPadからは確実に軽くなっているものの、まだそれなりに重いと感じる。見た目がかなり薄くな

ったこともあり、一見軽そうに見えるが、手に持つと存在感がある。軽ければいいというものでもないので、適度な重量感は高級感や質感の高さにもつながる。しかし、やはり片手で持って立ったまま電車の中で操作するような使い方では、長時間の作業は辛そうだ。

第四節　長句的形成及解析

　　如第一節所述，「長句」在構造上皆屬於「複句」，「複句」是指含有一個以上述語的句子，可分爲「子句」與「母句」兩部分，以句點爲結尾的主要述語的句子爲「母句」，而複句的形成則如上一節所說明，由「子句名詞組」和「子句副詞」來敘述，「子句名詞組」有「述語語尾＋名詞」和「の＋名詞」的型態，而「子句副詞」則多屬於表示子句與母句之關係，長句的表現在科技文章出現極爲頻繁，因此有必要加以了解，以下以例句說明如何由簡短的單句形成長句，又如何解析長句以了解其意。

➊　長句的形成

　　長句主要由多個句子組成，以哪一個句子爲母句由表達者的意識決定，其餘的句子則爲子句，以下列2個簡短單句來說明。

　　　　「王建民は台湾出身である。」（王建民是台灣出身）──①

　　　　「王建民は有名な野球選手である。」（王建民是有名的棒球選手）

　　　　　　　　　　　　　　　　　　　　　　　　　　　　　　──②

其中王建民為共通的名詞，若以①句為子句，②句為母句，則由子句①可表示成「*述語語尾+名詞*」型態的「子句名詞組」「*台湾出身である王建民*」和「*の+名詞*」型態的「子句名詞組」「*台湾出身の王建民*」，用此「子句名詞組」於母句②則變成：

➲「*台灣 出 身である王建民は有名な野球選手である。*」

➲「*台灣 出 身の王建民は有名な野球選手である。*」

（台灣出身的王建民是有名的棒球選手）

若以「子句副詞」的型態形成子句，則句子合併可表示成：

➲「王建民は台湾出身で、有名な野球選手である。」【て形】

➲「 王建民は台湾出身であって、有名な野球選手である。」【て形】

➲「 王建民は台湾出身であり、有名な野球選手である。」【ます形】

（王建民是台灣出身的，且是有名的棒球選手）

若以②句為子句，①句為母句，則由子句②可表示成「*述語語尾+名詞*」型態的「子句名詞組」：「*有名な野球選手である王建民*」和「*の+名詞*」型態的「子句名詞組」：「*有名な野球選手の王建民*」，用此「子句名詞組」於母句②則變成：

➲「*有名な野球選手である王建民は台湾出身である。*」

➲「*有名な野球選手の王建民は台湾出身である。*」

（有名的棒球選手王建民是台灣出身的）

若以「子句副詞」的型態形成子句，則句子合併可表示成：

➲　「王建民は有名な野球選手で、台湾出身である。」【て形】

➲　「王建民は有名な野球選手であって、台湾出身である。」【て形】

➲　「王建民は有名な野球選手であり、台湾出身である。」【ます形】

（王建民是有名的棒球選手，且是台灣出身的）

以上說明了如何由①句及②句形成的複句，所形成的複句可再以相同的模式變化「子句名詞組」或「子句副詞」，然後再與第三個句子形成更長的「複句」（長句）。

例如若將①句及②句與以下之③句，

「王建民は走っている。」（王建民正在跑步）——③

可形成如下之長句：

➲　「走っている王建民は有名な野球選手で、台湾出身である。」

（正在跑步的王建民是有名的棒球選手，且是台灣出身的）

➲　「有名な野球選手で、台湾出身である王建民は走っている。」

（有名的棒球選手，且是台灣出身的王建民正在跑步）

利用上述之方法，可將句子一直累加變成長句，這樣的表現方法，在科技日文的科技文章中常常出現，若能了解長句形成的方法，就能夠對長句有更深一層的認識，對日文長句的解析有很大的幫助，以下說明如何解析長句。

快速讀懂日文資訊（基礎篇）──科技、專利、新聞與時尚資訊

⬤ 長句的解析

趙順文老師所著的「日文長句分析」一書獨創了「階梯圖分析法」來解析日文長句，不過，只要把握住以上長句形成的要領後，就可以反向思考解析長句日文了，遇到日文長句時，掌握住「子句名詞組」及「子句副詞」的特徵就可以對長句輕鬆解析，長句由複句構成，複句由子句與母句構成，每一個子句一定由述語作終結，母句當然可以述語作終結且位於整句長句的最後，因此只要找出句子中的述語（子句，可以不只一個，可為表中所示之各種型態）及具有中止形意義的語尾（可為表中的て形與ます形），長句的解析就可迎刃而解了，以下之舉例說明以波浪底線代表具有述語語尾的子句敘述，以雙底線代表具有述語語尾（可為鄭重形）的母句敘述，以底線代表具有「子句副詞」特徵之敘述。

例一：

「この液晶が、ブラウン管を使わない驚異の超小形テレビを生みました。」

首先，先找出句子中具有述語語尾的子句敘述（底線），及母句的述語（雙底線）後，句子的主要意思就清楚了（本文無代表具有「子句副詞」特徵之敘述）。

「この液晶が、ブラウン管を使わない驚異の超小形テレビを生みました。」的母句為

「この液晶が驚異の超小形テレビを生みました。」（此液晶製造出驚人的超小型電視）

子句的述語「「ブラウン管を使わない」（不使用映像管）則是在描述

其後的名詞「驚異の超<ruby>小<rt>きょうい</rt></ruby><ruby>形<rt>ちょうしょうがた</rt></ruby>テレビ」。

所以整句的意思就可完整的表達成「此液晶製造出不使用映像管之驚人的超小型電視」。

例二：

「<ruby>正常<rt>せいじょう</rt></ruby>な<ruby>遺伝子<rt>いでんし</rt></ruby>を<ruby>導入<rt>どうにゅう</rt></ruby>して、<ruby>遺伝病<rt>いでんびょう</rt></ruby>を<ruby>根本的<rt>こんぽんてき</rt></ruby>に<ruby>治<rt>なお</rt></ruby>してしまおうというのが<ruby>遺伝子治療<rt>いでんしちりょう</rt></ruby>で、<ruby>遺伝子操作技術<rt>いでんしそうさぎじゅつ</rt></ruby>の<ruby>進歩<rt>しんぽ</rt></ruby>で<ruby>可能<rt>かのう</rt></ruby>になりつつある。」

首先，先找出句子中具有述語語尾的子句敘述（波浪底線），及母句的述語（雙底線），及具有「子句副詞」特徵之敘述（底線）。「で」可以當作助詞亦可以是名詞術語的中止形，需視文章內容決定，此文中的第一個「で」為名詞術語的中止形，而第二個「で」為助詞，表示原因，此句解析如下：

「<ruby>正常<rt>せいじょう</rt></ruby>な<ruby>遺伝子<rt>いでんし</rt></ruby>を<ruby>導入<rt>どうにゅう</rt></ruby>して、<ruby>遺伝病<rt>いでんびょう</rt></ruby>を<ruby>根本的<rt>こんぽんてき</rt></ruby>に<ruby>治<rt>なお</rt></ruby>してしまおうというのが<ruby>遺伝子治療<rt>いでんしちりょう</rt></ruby>で、<ruby>遺伝子操作技術<rt>いでんしそうさぎじゅつ</rt></ruby>の<ruby>進歩<rt>しんぽ</rt></ruby>で<ruby>可能<rt>かのう</rt></ruby>になりつつある。」

因此，整句可簡化為「～のが<ruby>遺伝子治療<rt>いでんしちりょう</rt></ruby>で、<ruby>遺伝子操作技術<rt>いでんしそうさぎじゅつ</rt></ruby>の<ruby>進歩<rt>しんぽ</rt></ruby>で<ruby>可能<rt>かのう</rt></ruby>になりつつある」（～為遺傳基因治療，由於遺傳基因操作技術的進步，漸漸成為可能）

具有述語語尾的子句敘述「<ruby>正常<rt>せいじょう</rt></ruby>な<ruby>遺伝子<rt>いでんし</rt></ruby>を<ruby>導入<rt>どうにゅう</rt></ruby>して、<ruby>遺伝病<rt>いでんびょう</rt></ruby>を<ruby>根本的<rt>こんぽんてき</rt></ruby>に<ruby>治<rt>なお</rt></ruby>してしまおう」本身又是一個具有子句副詞的完整的句子（子句），在描述其後的形式名詞「の」作為主語，可再解析為「<ruby>正常<rt>せいじょう</rt></ruby>な<ruby>遺伝子<rt>いでんし</rt></ruby>を<ruby>導入<rt>どうにゅう</rt></ruby>して、<ruby>遺伝病<rt>いでんびょう</rt></ruby>を<ruby>根本的<rt>こんぽんてき</rt></ruby>に<ruby>治<rt>なお</rt></ruby>してしまおう」（導入正常的遺傳基因，根本性地治療遺傳病），「～というの」乃在將前面敘述內容名詞化無特別的中文意思，在此可譯為「～的做法」。

「てしまおう」是「てしまう」的意向形，「なりつつある」是「R-つつある」的用法，「R-つつある」和「V-てしまう」之用法請參照常用句型之解說。

所以整句話的意思就可完整的表達成「導入正常的遺傳基因，根本性地治療遺傳病的做法稱為遺傳基因治療，由於遺傳基因操作技術的進步，已漸漸成為可能。」

以上簡單的以兩個例子說明長句的解析技巧，惟長句解析並非短時間內就可學會，因此讀者需把握前述的解析技巧並熟練各種助詞用語、常用句型及長句的形成與其特徵，再加上練習，讀者一定可以慢慢對常使用長句表現的科技資訊日文不再畏懼，最後，請各位讀者利用以上之技巧練習解析第一章所列之文章內容。

若讀者對上述文章已具有解析的能力，恭喜您已經可以再進一步學習更深入的科技日文了，若還無法解晰上述文章之讀者，可看完下列之解析結果，然後再找文章練習長句的解析，多多練習，假以時日一定能把握住閱讀日文的技巧。

【解析練習1】

世界最短波長のLED開発、DVD大容量化も…NTT

世界で最も波長の短い光を出す発光ダイオード（LED）を、NTT物性科学基礎研究所（神奈川県厚木市）が開発した。

5年後の実用化を目指しており、DVDの大容量化や有害物質の分解な

どに応用が期待される。18日付の英科学誌ネイチャーに発表する。LEDの最短波長はこれまで、窒化ガリウムを使ったもので、365ナノメートルだったが、同研究所の谷保芳孝研究員らは窒化アルミニウムの結晶を使い、波長210ナノメートルの光を出せるLEDの開発に成功した。

世界最短波長のLED開発、DVD大容量化も…NTT

爲使文章標題簡顯易懂，標題通常不是完整句子，但卻可傳達全文旨意。

➲ NTT開發世界上波長最短的LED，可使DVD高容量化

{（世界で最も波長の短い）光を出す}発光ダイオード（LED）を、NTT物性科学基礎研究所（神奈川　厚木市）が開発した。

「世界で最も波長の短い光（世界上波長最短的光）」爲一子句名詞組，原應爲子句「世界で最も波長が短い」形容名詞「光」，但在此種情形下子句中主詞的助詞「が」可以用「の」來代替；「光を出す発光ダイオード（LED）（射出光的發光二極體）」亦爲一子句名詞組，敘述的子句「光を出す」形容名詞「発光ダイオード（LED）」；母句爲「発光ダイオード（LED）を、NTT物性科学基礎研究所（神奈川県厚木市）が開発した。（NTT物性科學基礎研究所開發了發光二極體）」

➲ NTT物性科學基礎研究所開發了能發出世界上波長最短光的發光二極體

5年後の実用化を目指しており、DVDの大容量化や有害物質の分解などに応用が期待される。18日付の英科学誌ネイチャーに発表する。

「5年後の実用化を目指しており（以五年後實用化為目標）」為一子句副詞：「DVDの大容量化や有害物質の分解などに応用が期待される」為「DVDの大容量化や有害物質の分解などに応用するのが期待される（被期待應用於DVD的高容量化或有害物質的分解等）」的縮減。

➲ 期望能於五年後實用化，應用於DVD的高容量化或有害物質的分解等。發表於18號的英國科學雜誌「自然」。

LEDの最短波長はこれまで、窒化ガリウムを使ったもので、365ナノメートルだったが、同研究所の谷保芳孝研究員らは窒化アルミニウムの結晶を使い、｛（波長210ナノメートルの光）を出せる｝LEDの開発に成功した。

「LEDの最短波長はこれまで、窒化ガリウムを使ったもので、365ナノメートルだった（到目前為止，LED的最短波長係使用氮化鎵者，為365奈米）」為由反接詞「が」做連結的句子：「窒化アルミニウムの結晶を使い（使用氮化鋁的結晶）」是「ます形」的中止形，「波長210ナノメートルの光（波長210奈米的光）」和「光を出せるLED（可以發出光的LED）」為子句名詞組，文法上使用可能動詞時，之前的助詞應該使用「が」，但目前此項規則在現代日本人的日文使用上已不太遵守此項規則，有些也使用「を」，因此在此的「光を出す」正確上應該使用「光が出す」

才是正確文法，「光を出す」也是可以接受的說法。。

⊃ 到目前爲止，LED的最短波長係使用氮化鎵者，爲365奈米，然而，同研究所之谷保芳孝研究員等使用氮化鋁的結晶，成功開發了可以發出波長210奈米光的LED。

【解析練習2】

ぎりぎり目に見える紫色の光は波長が400ナノメートル程度。今回はその半分で、紫外線の中でも波長が短い遠紫外光と呼ばれる。

DVDなどの情報記憶装置は、読み書きに使う光の波長が短いほど記憶できる情報量が増え、大容量化に役立つ。

また、光は波長が短いほどエネルギーが高いため、ダイオキシンやPCBなどの分解のほか、ナノテクノロジーにも使える。（2006年5月18日 読売新聞）

ぎりぎり目に見える紫色の光は波長が400ナノメートル程度。今回はその半分で、紫外線の中でも波長が短い遠紫外光と呼ばれる。

　　「ぎりぎり目に見える紫色の光（剛好是眼睛可以看得見的紫色光）」爲子句名詞組，「紫色の光は波長が400ナノメートル程度」爲「紫色の光は波長が400ナノメートル程度である（紫色光波長爲400奈米左右）」，科技文章常有將語尾名詞的「である／だ」省略的用法，「その半分で（爲其一半）」爲名詞的中止形，「紫外線の中でも波長が短い遠紫外光（在紫外線中波長短的遠紫外線）」爲子句名詞。

快速讀懂日文資訊（基礎篇）──科技、專利、新聞與時尚資訊

⊃ 剛好是眼睛可以看得見的紫色光波長為400奈米左右，此次為其一半
（即前文所提的210奈米），稱為遠紫外光，遠紫外光係在紫外線中
波長較短者。

DVDなどの情報記憶装置は、（読み書きに使う）光の波長が短いほ
ど（記憶できる）情報量が増え、大容量化に役立つ。

「読み書きに使う光（使用於讀寫的光線）」「記憶できる情報量
（可記憶的資訊量）」為子句名詞組，「光の波長が短いほど記憶できる
情報量が増え（光的波長越短可記憶的資訊量越多）」為「ます形」的
子句副詞。

⊃ DVD等資訊記憶裝置，在讀寫時所使用的光線波長越短可記憶的資
訊量越多，有益於高容量化。

また、光は波長が短いほどエネルギーが高いため、ダイオキシンやP
ＣＢなどの分解のほか、ナノテクノロジーにも使える。

「光は波長が短いほどエネルギーが高い（由於光的波長越短能量越
高）」是由「ため（由於）」做句子連結的子句副詞。

⊃ 此外，由於光的波長越短能量越高，所以除可用於戴奧辛或PCB等
之分解外，亦可使用於奈米科技。

學完本章後讀者應該對閱讀科技日文要有一定的程度了，我們來練習看
看文章的閱讀，以下練習是第一章內容中所出現的文章，讀者如果已經閱讀
沒問題，請您到網路上找一些文章或開始閱讀有興趣的日文書報章雜誌進行
資訊的吸收。

✍ 練習

請練習解析下列文章的長句，並翻譯下列文章。

1. 2010年12月16日讀賣新聞的網路版科技新聞內容

　　NASA火星探査機3340日…長寿記録更新

　　2001年4月に打ち上げられた米航空宇宙局（NASA）の火星探査機「マーズ・オデッセイ」が15日、火星の周回軌道上で3340日目の観測に入り、「マーズ・グローバル・サーベイヤー」（1997～2006年）が持っていた火星の長期観測記録を更新した。NASAのジェット推進研究所（JPL）が同日、発表した。

　　2年間の観測予定を7年以上も上回る長寿。日本の金星探査機「あかつき」が周回軌道投入さえできなかったのと対照的だ。

　　マーズ・オデッセイは、有名なSF映画「2001年宇宙の旅（2001ア・スペース・オデッセイ）」にちなんで名付けられた。火星上空から地表の元素の分布割合などを調査した。搭載機器類は正常で、12年の新たな火星探査計画でも活用される見通しだ。

2. 「やさしくわかる半導体」中的一部分内文

　　情報を記憶する働きを持ったメモリICにも、様々な種類があります。通常、電源が入っている時だけ記憶し、電源が切れると記憶内容が失われる発揮性メモリと、電源を切っても記憶し続ける不揮発性メモリに大別されます。

　　発揮性メモリはRAMと呼ばれ、いつでも新しい情報の書込み、書

快速讀懂日文資訊（基礎篇）——科技、專利、新聞與時尚資訊

換え、読出しが可能です。RAMの中でもDRAMは電源が入っていても時間とともに記憶情報が自然に失われるので、一定の時間間隔で記憶内容の保持（リフレッシュ）が必要です。このためDRAMは「記憶保持動作が必要な随時書込み読出しメモリ」と呼ばれます。

3.「高分子化学I合成」的一部分

官能基をもつ高分子は、その官能基の特性により、様々な機能を示すことがある。たとえば、ヒドロキシル基などを有する高分子は、親水性が増したり、分子間の水素結合を形成したり、さらには活性水素として他の試薬と反応したりすることができる。このような官能基が導入できれば、高分子としての特性、たとえば、水溶性や接着性、結晶性などを変えることができ、また、この結果として高分子膜や高分子触媒などとしての利用が可能になってくる。そのような意味でも、官能基を積極的に高分子に導入することは非常に重要であることがわかる。

4.出自「足でつかむ夢-手のない僕が教師になるまで」，已將所有漢字標音

両手が突然使えなくなったら、あなたはどうしますか？

こんなことを考える人はいないと思います。

僕だってそうでした。想像できますか？手が使えない生活を。

朝、起きてから、夜、眠りにつくまでの、一日の生活を振り返ってみてください。どんなことに手を使いますか？

眠い目をこすり、鳴り響く目覚まし時計を止める。着替える。トイレに行く。

ごはんを食べるのに箸を使ったり、お椀を持ったり。トーストの人は、パンを手に持って、バターやジャムをナイフで塗り、口に運ぶでしょう。顔を洗って、歯を磨いて、髪の毛をセットして、一人暮らしなら電化製品のスイッチを切って、玄関で靴紐を結んで、さあ出発！その手には何を持っていますか？学生や会社員ならカバン。雨が降りそううなら傘も持ちますね。

五体満足の人なら、「料理人になる。スポーツ選手になる。歌手になる。プログラマーになる」と、将来の選択肢はあれこれ尽きないのだろう。夢を見ることは無限大だ。だから、どこにも障害がないのに、「やりたいことがわからない」と言っている十代の子を見ると、どうして？と不思議に思ってしまう。

やろうと思えば、君にはなんにでも挑戦できるんだよ、もったいない考えはするな！と、つい言いたくなってしまう。

だって、「両手が使えない」僕には、将来の夢や憧れのほとんどが、ぱっと浮かんでは「手がないから無理！」と消えていってしまう。どんな夢も崩れてしまう。いつもそうだった。

5.一則網路科技新聞

今年日本でも発売されたiPad（Apple社）のように液晶を搭載した電子書籍に比べ、電子ペーパーを用いた電子書籍は軽量でかつ省電

力のためバッテリーの残量をほとんど気にする必要がない（例：Kindleでは一回の充電で最大2週間の駆動）。また、バックライトを用いない目に優しい反射型のディスプレーであるため長時間の読書に向いている。一方で、現在の（マイクロカプセル型の）電子ペーパーがカラー化に対応しにくい点を欠点として挙げて、電子ペーパーの将来を危惧する声もある。そのため現在、電子ペーパーのカラー化が重要な開発テーマになっている。

「普通體」、「鄭重體」、「尊敬語」和「自謙語」

9

　　日本人在說日語時，有所謂的「常體」（普通體）與「敬體（丁寧體）」兩種表現形式。當與關係比較熟稔的平輩或晚輩說話時，由於不需要客套，故往往會以「常體」來表現。然而，當說話者與關係比較陌生、或與長輩、上司等輩分高的人說話時，爲了表示說話的恭敬，往往會以「敬體」來表現。幾乎所有的語言都有敬語（中文如您、貴公司、賢伉儷等），而日語中的敬語尤其發達，日文的敬語可分爲狹義上的敬語和廣義上的敬語，狹義上的敬語指發話者對受話者及話題中出現的人物等表達敬意的語言表達方式，包括尊敬語和自謙語，廣義上的敬語除了尊敬語和自謙語外，還包括鄭重語。

　　口頭語言隨社會生活的發展而不斷變化，而書面語言則以文字的形式固定傳承下來，因此經過一定歷史時期口語與書面語言就出現很大的隔閡，於明治維新時期，發起了「言文一致運動」，繼而漸漸採用了「だ体」、「です.ます体」和「である体」，同一篇文章中使用的表達方式應該一致，通常在科技文章或新聞中，大多採用「だ体」和「である体」。

　　通常在日文中常常根據受話者、讀者以及目的的不同，區別使用敬體、だ體、和である體的3種文體，敬體也稱爲です、ます體，だ體和である體又合稱爲普通體（或常體），である體又稱爲文書體常用於文書，敬體

快速讀懂日文資訊（基礎篇）──科技、專利、新聞與時尚資訊

是直接向受話者或讀者表達敬意的一種文體，一般用於書信中和會話中須對對方表示敬意的場合；普通體常用於報章雜誌、小說、日記、報告、論述文章等無須表示敬意或沒有特定受話者、讀者的場合，尤其學術性、科學性、技術性的書面報告或論文等更偏向於使用である體（文書體），通常一篇文章中要求文體要一致不能混用。狹義上的敬語包括尊敬語和自謙語，在生活上的口語是相當重要的一門學問，但在資訊及科技日文中幾乎不出現，由於尊敬語和自謙語的使用包含規則性和不規則性，本書僅於第二節簡單介紹常用的不規則尊敬語和自謙語動詞和規則性的尊敬語和自謙語動詞介紹。

第一節　普通體和鄭重體

　　一般初學者皆由鄭重體開始學習日文，而本書著重於資訊及科技日文的讀寫，因此是以普通形開始解說，當然科技日文中如說明書等也有以鄭重體的方式表達，鄭重體的方式表達是對受話者表達敬意，故本書將「普通體」與「鄭重體形」的相關對照，分別對動詞、形容詞、形容動詞與名詞的述語整理成表26～表28，表格中所使用的符號與之前使用符號定義相同，需特別注意的是鄭重的表達只有在句尾的部分，句中的句子（子句），如名詞子句組中的單句仍須使用普通體。

第九章　「普通體」、「鄭重體」、「尊敬語」和「自謙語」

💻 表26　「普通體」與「鄭重體」之關係對照-動詞

時　態	普通體	鄭重體
現在 肯定	V-る	R-ます
	笑う	笑います
現在 否定	V-ない	R-ません
	笑わない	笑いません
過去 肯定	V-た	R-ました
	笑った	笑いました
過去 否定	V-なかった	R-ませんでした
	笑わなかった	笑いませんでした

💻 表27　「普通體」與「鄭重體」之關係對照-形容詞

時　態	普通體	鄭重體
現在 肯定	A-い	A-いです
	暑い	暑いです
現在 否定	A-くない	A-くないです或「A-くありません」
	暑くない	「暑くないです」或「暑くありません」
過去 肯定	A-かった	A-かったです
	暑かった	暑かったです
過去 否定	A-くなかった	A-くなかった或A-くありませんでした
	暑くなかった	「暑くなかったです」或「暑くありませんでした」

🖥 表 28 「普通體」與「鄭重體」之關係對照-形容動詞與名詞

時態	普通體	鄭重體
現在 肯定	「N／Naだ」或「N／Naである」	N／Naです
	「自由だ」或「自由である」	自由です
現在 否定	N／Naではない	「N／Naではないです」或「N／Naではありません」
	自由ではない （では的口語可用じゃ）	「自由ではないです」或「自由ではありません」
過去 肯定	「N／Naだった」或「N／Naであった」	N／Naでした
	「自由だった」或「自由であった」	自由でした
過去 否定	N／Naでなかった	「N／Naではなかったです」或「N／Naではありませんでした」
	自由でなかった	自由ではなかったです 自由ではありませんでした

　　值得順帶一提的是，常用的「Nな／Naな／A／V　のです」是「Nな／Naな／A／V　のだ」的敬體說法，未列於表中，但讀者仍須了解。另外，較常用的「だ、です」改成敬語時可改為最敬語「でござる、でございます」。

✍ 練習

1.請將下列普通體的句子改爲鄭重體。

(a)4月10日に投開票される東京都知事選で、進退を明言していない石原慎太郎知事（78）が4日、若手芸術家による作品展のあいさつで、「私は来年もうやめるから」などと発言した。（読売新聞）

(b)厚生労働省は4日、両ワクチンの接種を一時見合わせるよう自治体などに伝えた。（時事通信）

(c)国営テレビは、カダフィ大佐側がザウィヤを奪還したと報じたが、反政府勢力が局所的な抵抗を見せているもようだ。（時事通信）

(d)台湾は、アジア大陸の東南沿海、太平洋の西岸に位置する島嶼である。

2.請將下列鄭重體的句子改爲普通體。

(a)むかしむかし、隠岐（島根県）の島という小さな島に、一匹の白ウサギが住んでいました。

(b)その時、赤い目をした白いウサギが、森の中から飛び出してきました。

(c)道の両側には立派な家々が建ち並んでいますが、どこにも人の気配がないのです。

(d)女の人は、男の人が本当に頼れるれる人かどうか、よく考えてからお付き合いをしましょう。

第二節　尊敬語和自謙語

　　日語中針對不同人使用不同的表達方式，對他人表示敬意的稱為敬語，由於敬語在口語與人際關係相處上是非常重要的表達方式，若要精進自己的口語能力，強化自己日文的敬語使用能力是絕對有必要的，但就以讀懂資訊科技的日文文章而言，則顯得不是那麼重要，在本書中僅介紹簡單的一些敬語觀念與用法以備不時之需，若真的要學好敬語的使用，建議選擇較專業的日文書籍進修。

　　敬語也分為對受話者的敬意表達和對話中出現的人物（話題人物）的敬意表達，對受話者的敬意表達以鄭重語的敬語表現，對對話中出現的人物（話題人物）的敬意表達以尊敬語和自謙語來表現，尊敬語是對話題中人物的動作或狀態的主體表達敬意的形式，但當話題中未出現所尊敬的人物的動作、狀態或物品，但仍須對該人物表示尊敬時，就不能使用敬語動詞、形容詞、和名詞，此時就是藉由貶低自己的動作、狀態或物品，相對的提高對方的方式來表達敬意，此時所用的用語即為自謙語。簡單來說，對話題中人物的動作、狀態或物品使用尊敬語，對自己的的動作、狀態或物品使用自謙語。

　　例1：先生はあちらでお茶を飲んでいらっしゃる。／老師正在那邊喝茶。

　　例2：先生の研究室をぜひ拝見したいです。／我非常想看看老師的研究室。

　　例句1中老師是話題人物，地點あちら是老師喝茶的地點，お茶是老師

第九章　「普通體」、「鄭重體」、「尊敬語」和「自謙語」

喝的茶，喝茶也是老師的動作，因此要對話題人物老師表達敬意時，對老師的相關名詞與動作須使用尊敬語，所以地方使用尊敬語「あちら」，茶使用尊敬語「お茶」，正在喝茶使用尊敬語「飲んでいらっしゃる」。但飲んでいらっしゃる並非鄭重語（ます形）而使用普通體，因並沒有此對受話者表達敬意。

　　例句2中省略了動作的主語「私は」，老師的研究室是說話者想拜訪的地方，看的動作是說話者，因此使用看的自謙語「拝見」，而且本句句尾以鄭重語（です）表達，因此對受話者也表達了敬意。

　　從例子中可以看出除了動作外，對於地點、事物等名詞也有尊敬語與自謙語，表示尊敬語的名詞表達方式有兩種，一種是使用固有的名詞，例如：こちら（這裡）、そちら（那裏）、あちら（那裏）、どちら（哪裏）、どなた（哪位）等，另一種是在名詞前後加一些字分別稱爲前綴和後綴，後綴是在一些名詞之後加上さん、樣（さま）、殿（どの）、氏（し）、方（かた）等，前綴的方式有在名詞前加「お」或「ご」，一般在日語固有的詞彙（和語（わご））前綴「お」，在漢語詞彙（漢語（かんご））前綴「ご」，但也有例外，前綴的例子舉例有：お宅（たく）、お名前（なまえ）、お電話（でんわ）、ご住所（じゅうしょ）、ご兩親（りょうしん）、ご兄弟（きょうだい）、ご家族（かぞく）。

　　表示尊敬的形容詞或形容動詞也可以藉由前綴的方式在形容詞前加「お」或「ご」來表示話題中出現表示所尊敬人物狀態的形容詞，形容詞或形容動詞的尊敬詞彙舉例有：お忙（いそが）しい、お暇（いとま）、ご多忙（たぼう）、ご心配（しんぱい）、ご不滿（ふまん）等。

　　至於尊敬語的動詞基本上可分爲三種方式，依使用的順序分別爲1.有些動詞有特殊的敬語形式，及一般所說的敬語動詞，常用的動詞列表如表29

所示，2.お+動詞連用形+になる，3.一段動詞未然形+られる，五段動詞未

然形+れる。

表 29　不規則的尊敬語動詞

普通動詞	尊敬動詞	普通動詞	尊敬動詞
行く、来る、いる	いらっしゃる	食べる、飲む	召し上がる
寝る	お休みになる	死ぬ	お亡くなりなる
言う	おっしゃる	見る	ご覧になる
着る	お召しになる	する	なさる
知っている	ご存知だ	与える、くれる	くださる

　　不規則的尊敬語動詞中須注意「いらっしゃる」和「くださる」雖然是

五段動詞，但其「ます型」的變化和五段動詞的「行く」是一樣的，分別爲

「いらっしゃいます」和「くださいます」，因此須特別注意。

　　第二種方式爲規則的變化方式，變化方式爲「お＋動詞連用形＋にな

る」，如「待つ」變爲「お待ちになる」

　　第三種方式與被動型相同（參閱第114頁的表9.五段動詞活用表和第118

頁的表11.一段動詞（上一段動詞、下一段動詞）活用表），因此通常認爲

不如1.、2.那麼正式。

　　表示自謙的名詞用語有自稱私、小生、拙者、以及小著、拙宅、

弊社、小社、粗品…等。自謙語的動詞可以用固定的用法的動詞如表 30所

示。

第九章 「普通體」、「鄭重體」、「尊敬語」和「自謙語」

表30 不規則的自謙語動詞

普通動詞	自謙動詞	普通動詞	自謙動詞
行く、来る	伺う、参る	食べる、飲む	頂く
言う	申す、申し上げる	見る	拝見する
知っている	存じている	する	致す
あげる	差し上げる	もらう	頂く

　　自謙語的動詞也可以規則的方式變化使用，五段動詞和一段動詞變化方式爲「お+動詞連用形+する」，如「待つ」變爲「お待ちする」。

　　不規則動詞サ變的變化方式爲「ご+サ變動詞詞幹+する」，如「案内する」變爲「ご案内する」。

　　在遇到「實義動詞＋て＋補助動詞」加敬語助動詞時，敬語助動詞加到補助動詞上而不加到實義動詞上，如：「ている」改成敬語時也可用「ておる」代表自謙語、「ておられる」代表尊敬語。

✍ 練習

1.請將下列句子依內容改爲尊敬語或自謙語，並說明該句是尊敬語或自謙語。

(a)社長は會議に出席しない。

(b)先生が新聞を読んでいる。

(c) 私は來月北京へ行く予定です。

快速讀懂日文資訊（基礎篇）──科技、專利、新聞與時尚資訊

❀增廣日間❀

日本科學未來館（科學未來館）
<ruby>科學未來館<rt>かがくみらいかん</rt></ruby>

　　日本有很多的未來館，如位於東京都江東區青海的日本科學未來館、
<ruby>日本科學未來館<rt>にほんかまなぶみらいかん</rt></ruby>
兵庫縣神戶市中央區以阪神淡路大震災為主題的的防災未來館、愛知縣豐橋
<ruby>阪神淡路大震災<rt>はんしんあわじだいしんさい</rt></ruby> <ruby>防災未來館<rt>ぼうさいみらいかん</rt></ruby> <ruby>愛知縣豐橋市<rt>あいちけんとよはし</rt></ruby>
市的こども未来館（兒童未來館）、福井縣坂井市みくに文化未來館、及鹿
<ruby>未来館<rt>みらいかん</rt></ruby> <ruby>福井縣坂井市<rt>ふくいけんさかいし</rt></ruby> <ruby>文化未來館<rt>ぶんかみらいかん</rt></ruby> <ruby>鹿<rt>か</rt></ruby>
児島鹿児島市的かごしま環境未来館（鹿兒島環境未來館）；日本科學未
<ruby>児島鹿児島市<rt>ごしまかごしまし</rt></ruby> <ruby>環境未来館<rt>かんきょうみらいかん</rt></ruby>
來館於2001年7月9日開館，亦稱為みらいCAN（みらいかん），館長是曾
為日本太空人的毛利衛，該館以介紹最新科技技術為主，也提供科學研究
<ruby>毛利衛<rt>もうりまもる</rt></ruby>
者對社會大眾發表成果場地，3樓展示主題為「技術革新與未來」、「資訊
科學技術與社會」，並有實驗工房可供參觀民眾動手學習，5樓展示主題為
「生命科學與人類」、「地球環境與新領域」。

　　日本科學館所在地：東京都江東區青海二丁目3番6号

10 有關日本的小常識

　　最後在本書結束前，提供一些有關日本的小常識，讀者可能都已經知道，但也有可能還不知道，這些知識也許對讀者有幫助，讀者可以大致瀏覽本章內容，很多有關日本的小常識讀者若有興趣也可以自行上網搜尋，進行更詳細的了解，我想本書前九章所介紹內容對各位對日文資料的查詢必有很大的幫助。

第一節　一般小常識

❖ 日本的入學典禮和公司的入社典禮是在幾月舉行？

　　➲ 日本的開學時間和台灣不同，日本畢業生通常在三月畢業四月入學，因此公司行號的新人也是四月進公司。

❖ 日本天皇家族的家徽是什麼圖案？

　　➲ 家徽（家紋^{かもん}）是日本自古以來用以代表家系、血統、地位的一種象徵，現在日本約有近2萬種家徽，十六瓣八重表菊紋是皇室的代表徽章。

天皇旗
http://ja.wikipedia.org/wiki/%E5%A4%A9%E7%9A%87

十六瓣八重表菊紋
http://ja.wikipedia.org/wiki/
%E5%A4%A9%E7%9A%87

❖ 在日本的神社裡，信徒會將香油錢投進錢箱以求與神有
緣，通常會投多少錢？

通常會投五円硬幣，因為其音類似（ご緣），當然也會看到丟紙鈔的情
形，所以投五円硬幣不用害怕被說小氣。

❖ 神社和寺廟的不同？

➲ 神社（じんじゃ）的設立來自於日本神道的信仰，是對於自然的畏懼所設立
的信奉對象，原本祭祀對象主要是針對日本本身神道的神（如
出雲大社（いずもたいしゃ）、出雲大社（いずもおおやしろ）），後來祭祀不屬於日本神道的民俗神、實際
的人物或傳說的人物（如明治神宮（めいじじんぐう））。

至於寺廟（お寺（てら）、寺院（じいん））原本是針對佛教神佛所設立之宗教設施的佛教
用語，現在相對於神社則廣泛指神道以外的宗教設施。

判斷神社和寺廟的方式有很多，最簡單的是在神社入口有日式牌坊
「鳥居（とりい）」，但在寺廟入口則是「三門（さんもん）」或稱「山門（さんもん）」。

東福寺三門外觀
http://ja.wikipedia.org/wiki/%E4%B8%89%E9%96%80

平安宮鳥居外觀
http://ja.wikipedia.org/wiki/%E9%B3%A5%E5%B1%85

❖ 日本國歌叫什麼？從哪裡得來？

　➲ 日本國歌爲君之代《君が代》，來自《古今和歌集》。

❖ 日本人習慣在神社拜拜後抽籤卜吉凶，如果抽中不祥的籤時，會如何處理？

　日本人會將不祥的籤詩繫在神社裡的樹上。

❖ 日本的情人節和白色情人節是什麼時候？

　➲ 日本人也有西洋情人節在2/14，通常是女性向喜歡男性表達愛意，送的禮物以巧克力爲主，而日本獨有的白色情人節（ホワイトデー）則是男士要在3/14回送女士禮物，禮物以キャンディ（糖果）、マショマロ（Marshmallow）、和白色巧克力（ホワイトチョコレート）爲主，這是日本特有的節日，聽說是糖果商想出來的點子。

❖ 日本的NHK台的紅白歌唱對抗賽是什麼時候舉行？

 ⊃ 日本的節日都以陽曆為主，日本的新年為西洋曆的一月一日（元旦），元旦當天，日本人會都做到神社參拜；而『NHK紅白歌合戰』是日本NHK在每年十二月三十一日除夕（大晦日）現場直播男女歌唱對抗形式的音樂節目，簡稱『紅白』，是除夕夜闔家觀賞的節目，能上紅白節目表示該藝人很紅，另外日本人在除夕夜必吃的食物是蕎麵（年越し蕎麦）。

❖ 相撲在比賽前會在場地上撒鹽，目的是為什麼？ 相撲裡的「土俵」是指什麼？

 ⊃ 相撲與棒球（野球）是日本最受歡迎的觀賞運動，競技的型態是在直徑4.55公尺（15尺）的圓形範圍內（稱為土俵）進行各種技巧的應用，選手出了土俵範圍、或是腳底以外的身體任何地方碰到地面、或是違反競賽規則就判輸，相撲在比賽前會在場地上撒鹽的目的是避邪，相撲進入土俵後會拍手，然後張開兩手、手心朝下，其目的在表示「我沒有帶武器，正正當當的空手拚勝負」，而橫綱是相撲力士的最高階段。

❖ 日本的黃金假期是在什麼時候？

 ⊃ 請參閱第三節日本節日，從四月二十九日的昭和の日（舊稱：みどりの日）到五月五日的こどもの日止加上前後星期六、日的連假，這段連續休假稱為ゴールデンウィーク（黃金假期；或簡稱GW）。

❖ 在日本的社會裡，什麼血型的人最多？

➲ 日本人中血型大多為A型，這也許可以解釋日本人的工作態度與注意
　細節的特性。

❖ 日本人是什麼時候吃粥？

➲ 台灣人或中國人對於吃粥沒有特別時機，通常自己準備早餐就可能
　會吃粥，而日本人是有生病的時候才吃粥，因此日本人來訪時，請
　他們吃清粥小菜，他們會覺得怪怪的。

❖ 在日本的鎖國時代，對外開放的城市是哪裡？

➲ 德川幕府禁止日本人的海外交通，禁止與外國人通商，直到與美國
　締結日美和親條約的這段時期，是為日本鎖國時代，但實際上這段
　時間還是有與李氏朝鮮、琉球王國、中國（明、清）、以及荷蘭的
　東印度公司交流，而此段時期開放貿易的四港口分別為長崎（對東
　印度公司與中國）、對馬（對李氏朝鮮）、薩摩（對琉球王國）及
　蝦夷（對愛奴：北方原住民）。

❖ 日本的職業棒球一共有幾個聯盟？兩個職業棒球隊有幾隊？

➲ 日本職業棒球（野球）一共有兩個個聯盟，分別為中央聯盟（セン
　トラル・リーグ：セ・リーグ）和太平洋聯盟（パシフィック・リ
　ーグ：パ・リーグ），目前每個聯盟有六隊，中央聯盟下有讀賣巨
　人（読売ジャイアンツ）、東京養樂多燕子（東京ヤクルトスワロ

ーズ）、橫濱海灣之星（横浜ベイスターズ）、中日龍（中日ドラ
ゴンズ）、阪神虎（阪神タイガース）、廣島東洋鯉魚（広島東洋
カープ），而太平洋聯盟下有北海道日本火腿鬥士（北海道日本ハ
ムファイターズ）、東北樂天金鷹（東北楽天ゴールデンイーグル
ス）、埼玉西武獅（埼玉西武ライオンズ）、千葉羅德海洋（千
葉ロッテマリーンズ）、歐力士野牛（オリックス・バファロー
ズ）、福岡軟體銀行鷹（福岡ソフトバンクホークス），全部共
十二隊。

❖ 日本短歌和俳句的差別為何？

➲ 短歌（たんか）和俳句（はいく）都是日文的定型詩，其差別列表如下：

	字　數	表　現	限　制	計算方式
短歌	五七五七七共三十一個字母。	自由，可以直接表現喜怒哀樂等情緒。	基本上沒有限制。	一首、二首…
俳句	五七五共十七個字母。	非直接的表現感情，以實物來表現。	必須有季語（きご）及使用斷句字（きじ）（切れ字）。	一句、二句…

其中所謂的季語係指表現季節有固定的單語，例如鶯（うぐいす）代表春天，金魚（きんぎょ）
代表夏天。而斷句字是指在俳句中起著中斷（終止）作用的字或辭彙（助詞
或助動詞），其代表字詞有如下多個：「や」、「けり」、「かな」、「な
り」、「たり」、「ぬ」、「ぞ」、「はも」、「し」等，用這些斷句字，

就可以在一句話中確定出斷句的地方，但是，在一句話中只能有一個斷句字。

和歌是由五音和七音作爲標準的定型詩，包含多種歌體，如片歌爲最短的和歌爲五七七三句；以問答居多的旋頭歌爲五七七、五七七的形式表現；長歌與短歌互爲相對應，長歌爲五七五七…五七七，反覆五七音三遍以上，最後爲七音；短歌爲五七五七七共三十一音。

❖ 「日本」國的發音是「にほん」還是「にっぽん」？

➲ 日本在中國最早稱爲「やまと」借用漢字則爲「倭」和「大和」，後來於7世紀半左右才改爲日本，取自於「日の本」，讀音爲「にほん」和「にっぽん」都可以，但「にっぽん」的音調比較強而有力，因此軍國時期和運動比賽加油時大都會聽到「にっぽん」的音，而在新聞介紹需要比較柔和的語調時會聽到用「にほん」，就連日本政黨對「にほん」和「にっぽん」的讀音也沒有統一。

❖ 「着物」和「和服」有何不同？和「浴衣」又有何不同？

➲ 「着物」原本是指穿在身上的衣服，後來演變成爲狹義的傳統服裝，也就是「和服」，而「和服」是相對於「洋服」的名稱，所以現在狹義上一般認爲「着物」就是「和服」，而「浴衣」是屬於和服的一種，與一般的和服差別在於沒有「長襦袢」，整體上比較單薄，通常會在「花火大会」、「祭り」、「温泉」等活動的場合穿著；和服的穿法必須右邊的裙襬先貼到身體（稱爲右前）在將左邊

裙襬貼到右邊的裙襬上，也就是衣服開口在右側，但死者穿著則爲左 前（ひだりまえ），但並不是穿左前就是死者，只是習慣，一般也會認爲穿左前比較不吉利。

❖ 吃「刺身（さしみ）」的時候所附的蘿蔔絲是做什麼用的？

➲ 吃刺身時會附有醬油、山葵（わさび）等調味料，有時也會有蘿蔔絲，大家都知道醬油是調味用，山葵是殺菌用，但蘿蔔絲的作用是什麼？有幾種說法，個人比較相信的說法是，在吃各種不同魚種類的刺身時，可以去除前面刺身魚種的味道，可以讓食客品嘗各種魚種類的刺身的味道。

❖ 日本的國籍是屬地（生地）還是屬人（血統）主義？

➲ 不同於美國等國籍屬於屬地主義，只要在美國出生就能取得美國籍，日本屬於血統主義，當雙方父母都無國籍時，在日本出生的小孩基於人道考量，日本政府會給予日本國籍；當父母有一方爲日本國籍則其小孩就可取得日本國籍，可是日本不承認雙重國籍，對於具有雙重國籍者必須於一定時間內決定要不要日本國籍，而日本在1984年的國籍法修正中（1985年實施）規定，選擇日本國籍者有義務努力進行捨棄外國籍，但有關捨棄國籍的規定各國不一，所以之後並沒有未取得脫離外國籍的手續就喪失日本國籍的規定，因此，在這法律漏洞下，日本人還是可以具有雙重國籍。值得一提的是日本天皇及其皇族並沒有一般日本國民的戶籍，其情報係記載於「皇

統譜」中，而且日本天皇是沒有姓的，因爲日本天皇基本上是神。

❖ 日本的アパート和マンション有何不同？

⮩ 日本公寓有多種說法有マンション（mansion）、アパート（apartment）、コーポラス（cooperative hourse）和ハイツ（heights）等說法，一般簡單的區分方法爲3層樓建築以上稱爲マンション，兩層樓以下稱爲アパート，另外一種以建築結構區分，マンション指的是用鋼骨（S）、鋼筋水泥（RC）、鋼骨鋼筋水泥（SRC）建造的中高層建築物，而アパート主要是木造或輕量鋼骨建造的矮建物（大多爲兩層），還有的區分是以生活設備比較充實且管理費較高者稱爲マンション，管理費較低的則稱爲アパート；コーポ是コーポラス（cooperative hourse）的簡稱，也是鋼筋水泥建造的集合住宅，ハイツ（heights）是建於高台的鋼筋水泥集合住宅，在租屋或賣屋時有時會使用コーポ或ハイツ的名稱，主要的原因據說是給租屋或買屋的人感覺比較高級而使用的說法，嚴格來說沒有太大的不同。

❖ 其他小常識（豆知識）

⮩ 日本的第一蘋果產地是青森縣，世界第一顆原子彈落在日本的廣島。

⮩ 日本的傳統樂器「三味線」樂器是用貓皮或狗皮做的。

⮩ 東京迪斯尼不在東京而是位於千葉縣。

快速讀懂日文資訊（基礎篇）──科技、專利、新聞與時尚資訊

➲ 有日本流行樂教父之稱的人是小室哲哉。

➲ 日本最長的河川是信濃川，最大的島是本州，最大的湖泊是琵琶湖，日本學生的畢業旅行最常去的地方是奈良，最有名的雪祭是在札幌舉行，日本史上最大的地震是發生於2011年3月11日的「東日本大震災」（東北地方太平洋沖地震），又稱「東北大地震」，地震規模9.0級；日本人迷信狐狸會變身欺騙人。

➲ 日本清酒一般是15度左右。

➲ 日本的自來水可以生飲，日文中的「お水」和「お湯」是不同的，「お水」是冷的水，「お湯」是指熱的水不是湯，湯的日文會用外來語「スープ」。

➲ 日本人認為夏天要吃鰻魚補身。

➲ 中國送給日本的熊貓是在東京上野恩賜動物園。

➲ 日本年號的年代與西元年的換算為：明治+1867=西元年，大正+1911=西元年，昭和+1925=西元年，平成+1988=西元年，西元2011年為平成23年。

第二節　公司職位名稱

讀者可能與日本有來往，而且會交換名片，但常常見到對方名片的職位有時候看不懂他的職位到底有多大，不知道他的職位高低就不知道他在公司的權限有多大，在應對上應該有怎樣的禮節，以下簡單介紹日本公司的職位，因為日本公司的結構與台灣公司的結構不同，因此很難一對一的做說

明，而且因爲公司的組織結構不同，也會有不一樣的職位名稱，以下針對一般股份有限公司（株式会社^{かぶしきがいしゃ}）常見的職位名稱依職位的高低做一簡單介紹，希望對與日本人有商業交往的讀者有些幫助，其中對應的中文職務可作爲一個參考，並不是完全相等的，因公司組織結構的不同，各稱呼的職位也會有不同，因此以下資料僅供一般情況之參考，此外，讀者可能也會接觸到社團法人的重要人物，以下也將法人的幾個常見職務說明於下。

❖ 取締役^{とりしまりやく}與取締役会^{とりしまりやくかい}（理事與理事会^{りじ　りじかい}）～董事與董事會（理事／理事會）

➲ 取締役是「取締役会^{とりしまりやくかい}」的組成成員，「取締役会」是針對公司的營運進行業務監察並選定代表公司執行業務的代表取締役（後述）；在社團法人中所使用的相對應名稱則爲理事^{りじ}／理事会^{りじかい}，與中文名稱相同。

❖ 会長^{かいちょう}（名譽理事長^{めいよりじちょう}）～榮譽董事長（名譽理事長）

➲ 通常會長爲社長退休後將社長傳給繼任者（一般是自己的兒子）後的職稱，會長通常是指「取締役会」的會長而言，通常由「取締役」兼任，於一般公司的組織圖上一般會將會長置於社長之上，對公司全體的戰略進行指導，有的具有董事的代表的權利（退到幕後指導公司且仍能掌控公司的運作），有的沒有代表董事的權力（已退到第二線僅掛名），會長於日本公司法內並沒有規定；在社團法人中所使用的相對應名稱則爲名譽理事長^{めいよりじちょう}，與中文名稱相同。

❖ 代表取締役（理事長）～董事長（理事長）

➲ 具有代表股份有限公司之權限的業務執行人，稱之為代表取締役；代表社團法人之權限的業務執行人則稱為理事長。

❖ 社長／頭取～總經理

➲ 社長職務一職並不是法律規定用語，於日本的公司法內並沒有規定，因此常和代表取締役的意思搞混，代表取締役為公司法上的名詞，社長通常由具有代表權的代表取締役擔任，若為私人公司就是公司營運的負責人，所以就是代表取締役；社長一詞在銀行通常稱為頭取。

❖ 專務取締役～Senior managing director

➲ 一般簡稱專務，在株式会社（股份有限公司）的取締役中，負責公司全盤業務管理，輔佐社長之職位。

❖ 常務取締役～Managing director

➲ 一般簡稱常務，在株式会社（股份有限公司）的取締役中，職位低於專務取締役，負責公司日常業務，輔佐社長之職位。

❖ 部長～經理

➲ 部長為部門組織單位的最高之長，相當於部門經理。

❖ 次^{じちょう}長～副理

　　➲ 次長為部門單位的職務代理人，相當於部門副理。

❖ 課^{かちょう}長～課長

　　➲ 課長是公司的中間幹部，相當於中間管理職，上有部長、次長等，
　　　　下有係長。

❖ 係^{かかりちょう}長～組長

　　➲ 係長是業務執行的最小單位中的管理職，通常下屬於課。

❖ 主^{しゅにん}任～Senior Staff／資深員工

　　➲ 一般是指作業員中，具有一定熟練程度者，一般進公司5～10年自然
　　　　就能擔任主任，但主任並非管理職，與台灣機構中的主任一職是完
　　　　全不同的，屬於資深員工。

第三節　日本節日

　　日本原則上是以陽曆為主，只有春分秋分依地球軌道每年不同外，有固
定日期的節日，也有很多都是非固定日期的節日，而是固定哪個月第幾個星
期幾或經由特殊的方法得到的假日（如春分、秋分），稱為移動祝日^{いどうしゅくじつ}（移動
假日）。日本國定假日如表31所示。

🖥 表 31　日本國定假日

日　　期	日本語表記	備　　　考	
1月1日	元日	新年	
1月第2月曜日	成人の日	移動祝日	
2月11日	建国記念の日		
3月21日前後	春分の日	移動祝日（黄道上で太陽が0度・春分点を通過する日）	
4月29日	昭和の日	旧：みどりの日（〜2006年）	GW
5月3日	憲法記念日		
5月4日	みどりの日	旧：国民の休日（〜2006年）	
5月5日	こどもの日		
7月第3月曜日	海の日	移動祝日	
9月第3月曜日	敬老の日		
9月23日前後	秋分の日	移動祝日（黄道上で太陽が180度・秋分点を通過する日）	
10月第2月曜日	体育の日	移動祝日	
11月3日	文化の日		
11月23日	勤労感謝の日		
12月23日	天皇誕生日		

　　移動假日很多都是在星期一，因此日本常常會有三天以上的連假
（連休_{れんきゅう}），但由於平時工作量很大，而且一連假所有的觀光景點就會塞車，
尤其黃金假期的假期特別長，觀光景點就更會塞車，所以很多日本人遇到連
假都會在家休息，不然就是出國旅遊；若國定假日與原本就休假的星期天重
疊，一樣會在星期一補假，日文稱為振替休日_{ふりかえきゅうじつ}。

　　本書提供讀者各種讀懂日語的工具、查詢網頁、及基本日文文法與句

型，對於初學者已足以應付看懂各種基礎的日文資訊，但語言的學習是日經月累的，並非一蹴可及，讀者在學完本書的各種基本日文知識、和日文學習工具與技巧後，可以以自習、自修的方式進行更深入的日文學習，對於日本的文化、生活時尚、科學技術、新聞知識等各領域的日文資訊也可以進行更深入的學習，若要更深入學習日文，建議上網尋找日本人的筆友進行語言交換，可以增進自己的日文生活用語的能力及文章的寫作能力，此外，讀者也可以利用四通八達的網路世界，尋找自己有興趣的各種日文資源，剛開始時會花比較多的時間，但只要有耐心、有毅力的學習，相信日文能力也會隨著時間大幅的進步。

快速讀懂日文資訊（基礎篇）──科技、專利、新聞與時尚資訊

❀增廣日聞❀

<ruby>国<rt>こっ</rt></ruby><ruby>会<rt>かい</rt></ruby><ruby>議<rt>ぎ</rt></ruby><ruby>事<rt>じ</rt></ruby><ruby>堂<rt>どう</rt></ruby>
国会議事堂

　　日本國會是日本唯一的立法機關（立法府），國會為上（參議院）下院（眾議院）兩院制（一個議會兩個議院），日本國會議事堂即為日本國會所在地，位於東京都千代田區永田町一丁目，建於1936年（昭和11年），建築物成左右對稱，面對正面左側為眾議院，右側為參議院，兩院的一場構造皆為圍繞議長席的扇形結構，議長席左右兩側各有兩列座席，前列為內閣閣員的國務大臣席，後列為議院事務局的職員席，參議院議員任期六年每三年改選半數議員，而眾議院議員任期只有四年，內閣不信任決議為眾議院的權限，所以眾議院議員在任期中途有解散的可能，原則上眾議院和參議院有同等的權限，但由於眾議院議員有被解散的可能，且任期較參議院議員短，同時由於選舉結構，眾議院比較貼近國民的意志，因此眾議院對於參議院有較優越的權限，雖然內閣總理大臣（首相）規定係由國會議員中選出，但由於眾議院對於參議院有較優越的權限，因此慣例上只有眾議院議員成為內閣總理大臣。

附錄 練習參考解答

第一章　基礎的五十音

1. 略。

2. 略。

3. 略。

4. 內容會隨不同的字典有不同的訊息，大致會有讀音、詞性、解釋、例句等訊息，動詞還會說明是哪一類的活用動詞，請讀者自行練習查詢，漢字不懂讀音時需由漢字部首查詢，有些單語有漢字但讀者看到的可能是平、片假名，而日文中有很多同音異字，讀者須依前後文判斷是哪一個意思，以下標出各單詞的讀音或可能的漢字讀者參考，其他請自行查詢字典。

(a)<ruby>心痛<rt>しんつう</rt></ruby>　(b)<ruby>立場<rt>たちば</rt></ruby>　(c)<ruby>上<rt>のぼ</rt></ruby>る　(d)<ruby>野火<rt>のび</rt></ruby>
(e)<ruby>果実<rt>かじつ</rt></ruby>、<ruby>過日<rt>かじつ</rt></ruby>、<ruby>佳日<rt>かじつ</rt></ruby>、<ruby>嘉日<rt>かじつ</rt></ruby>　(f)<ruby>野鼠<rt>のねずみ</rt></ruby>
(g)<ruby>買<rt>か</rt></ruby>う　(h)<ruby>書<rt>か</rt></ruby>く　(i)<ruby>楽<rt>たの</rt></ruby>しい　(j)<ruby>悔<rt>くや</rt></ruby>しい

(k)<ruby>自由<rt>じゆう</rt></ruby>　(l)<ruby>閉<rt>し</rt></ruby>める　(m)<ruby>閉<rt>と</rt></ruby>じる　(n)<ruby>酸素<rt>さんそ</rt></ruby>

5. 形容詞、形容動詞、動詞、助動詞等四種。

6. アスパラ：asubara（蘆筍）

アルバイト：arubaito（打工）

モーター：mo-ta-（馬達）

テレビ：terebi（電視）

がいらいご：gairaigo（外來語）

にほん：nihonn（日本）

だいわん：daiwann（台灣）

たのしい：tanosii（高興的）

れんしゅう：rennsyuu（練習）

第二章　日文輸入法與日文查詢

1. (a)<ruby>躾<rt>しつけ</rt></ruby>　(b)<ruby>峠<rt>とうげ</rt></ruby>　(c)<ruby>唄<rt>うた</rt></ruby>　(d)<ruby>励<rt>はげ</rt></ruby>ます
(e)<ruby>咲<rt>さ</rt></ruby>く　(f)<ruby>凪<rt>なぎ</rt></ruby>　(g)<ruby>圀<rt>くに</rt></ruby>　(h)<ruby>匾<rt>へん</rt></ruby>
(i)<ruby>閤<rt>れい</rt></ruby>　(j)<ruby>颪<rt>おろし</rt></ruby>　(k)<ruby>閖<rt>し</rt></ruby>

2. (a)幕府　(b)半導体　(c)反応
(d)暗記　(e)開発　(f)応用
(g)泥棒　(h)自動　(i)児童
(j)半導体　(k)歩留まり
(l)良品　(m)設計　(n)回路
(o)密航　(p)謀反　(q)海老。

3. 雪解けの水が谷川を勢いよく流れる。

　　弟は独りでギターの弾き方を学んだ。

　　句読点に気を付けて文章を読む。

4. 略，部分標音請見第八章練習。

5. 略。

6. 略。

7. 川は流れて　どこどこ行くの　人も流れて　どこどこ行くの　そんな流れが　つくころには　花として　花として　咲かせてあげたい　泣きなさい　笑いなさい　いつの日か　いつの日か花をさかそうよ　涙ながれて　どこどこ行くの　愛も流れて　どこどこ行くの　そんな流れを　このうちに　花として　花として　むかえてあげたい　泣きなさい　笑いなさい　いつの日か　いつの日か花をさかそうよ　花は花として　わらいもできる　人は人として　涙もながす　それが自然のうたなのさ　心の中に　心の中に　花を咲かそうよ　泣きなさい　笑いなさい　いついつまでも　いついつまでも　花をつかもうよ　泣きなさい　笑いなさい　いついつまでも　いついつまでも　花をつかもうよ

第三章　有用和有趣的日文學習網站

1. 織田信長、豊臣秀吉、徳川家康。

2. ヒドロキシル基：氫氧基或羥基 hydroxy。

アルキル基：烷基 alkyl。

シクロアルキル基：環烷基 cycloalkyl。

アルケニル基：鏈烯基 alkenyl。

アリール基：芳香族羥基aryl。

3. バックライト：背光（back light）。

サーモトロピック液晶：熱向性液晶（thermotropic）。

ポリマー：高分子，聚合物（polymer）。

ディーラム：動態隨機存取記憶體（DRAM）。

エスラム：靜態隨機存取記憶體（SRAM）。

ウエハー：晶圓（wafer）。

チップ：晶片（chip）。

トランジスタ：電晶體（transistor）。

カーナビゲーション：車用導航（car navigation）。

ファクシミリ：傳眞（ｆａｘ；facsimile）。

4. ジャスミン革命：茉莉花（jasmine）革命。

ウィキリークス：維基解密（Wikileaks）。

ノロウイルス：諾羅病毒（norovirus）。

タブレットＰＣ：平板電腦（tablet PC）。

アップル ｖｓ. グーグル：蘋果公司和谷歌公司（Apple和Google）。

スタグフレーション：停滯型膨脹，膨脹性蕭條（stagflation）。

5. 由於著作權保護關係，請讀者上うたまっぷ查詢（http://www.utamap.com/）。

6. 請上福娘童話集網站（http://hukumusume.com/douwa/index.html）查詢。

第四章　助詞

1. 略，請參閱表5。

2. 請將下列的例句填入適當的助詞。

(a)先生（は）教室（に）います。

(b)私（は）本（を）読んでいます。

(c)貴方（が）本（を）子供（に）上げる。

快速讀懂日文資訊（基礎篇）──科技、專利、新聞與時尚資訊

(d)学校（へ）行って勉強します。

(d)野菜（は）一山（で）百円です。

(e)友達（と）喧嘩しました。

(f)席（に）座ってくっだい。

(g)先輩（に）答え（を）聞きました。

(h)一人（に）一枚（ずつ）取ってください。

(i)今度（こそ）は本物です。

(j)暑いです（から）、クーラー（を）付けてください。

(k)日本語（は）難しいです（が）、面白いです。

(l)熱い物（は）飲みます（が）、冷たいもの（は）飲みません。

3. むかしむかし、あるところ（に）、おじいさんとおばあさん（が）住んでいました。おじいさん（は）山へ芝刈に、おばあさん（は）川（へ）洗濯（に）行きました。おばあさん（が）川（で）洗濯（を）している（と）、大きな桃（が）流れてきました。

「おや、これは良いおみやげになるわ。」

おばあさんは大きな桃（を）拾い上げて、家（に）持ち帰りました。そして、おじいさん（と）おばあさんが桃（を）食べよう（と）桃を切ってみる（と）、なんと中（から）元気の良い男の赤ちゃん（が）飛び出してきました。

「これはきっと、神さま（が）くださったにちがいない。」

子どものいなかったおじいさんとおばあさんは、大喜びです。桃（から）生まれた男の子（を）、おじいさんとおばあさんは桃太郎（と）名付けました。桃太郎はスクスク育って、やがて強い男の子（に）なりました。そしてある日、桃太郎（が）言いました。

「ぼく、鬼ヶ島（へ）行って、悪い鬼（を）退治します。」

おばあさん（に）黍団子（を）作ってもらう（と）、鬼ヶ島（へ）出かけました。旅の途中（で）、犬（に）出会いました。

「桃太郎さん、どこ（へ）行くのです（か）？」

「鬼ヶ島（へ）、鬼退治（に）行くんだ。」

「それでは、お腰（に）付けた黍団子（を）1つ下さいな。お伴しますよ。」

犬は黍団子（を）もらい、桃太郎のお伴になりました。そして、こんどは猿（に）出会いました。

「桃太郎さん、どこ（へ）行くのです（か）？」

「鬼ヶ島（へ）、鬼退治（に）行くんだ。」

「それでは、お腰（に）付けた黍団子（を）1つ下さいな。お伴しますよ。」

そしてこんどは、雉（に）出会いました。

「桃太郎さん、どこ（へ）行くのです（か）？」

「鬼ヶ島へ、鬼退治に行くんだ。」

「それでは、お腰に付けたきび団子を1つ下さいな。お伴しますよ。」

こうして、犬、猿、雉の仲間（を）手（に）入れた桃太郎は、ついに鬼ヶ島（へ）やってきました。

第五章　動詞及其活用
第一節　節動詞的分類

1. 五段動詞：泣く、喜ぶ、怒る、悲しむ、楽しむ、飛ぶ、飲む、聞く、踊る、咲く、吸う、歌う、休む、貼る、持つ、待つ。

一段動詞：起きる、食べる、育てる、寝る、落ちる。

不規則動詞：運動する、見学する、買い物する、来る、勉強する。

2. 不同的辭典會有不同的詞性說明方式，在辭典的前面會有使用說明，請參閱使用辭典的使用說明。

3. 自動詞：開く、閉じる、閉まる、建つ、変わる、出る、掛かる、止まる、飛ぶ、入る、割れる、渡る、回る、落ちる、上がる、下がる、壊れる、沸く。

他動詞：開ける、閉める、建てる、変える、貸す、借りる、出す、掛ける、止める止める、飛ばす、教える、教わる、入れる、割る、渡す、回す、落とす、上げる、下げる、壊す、沸かす。

自動詞他動詞相同：吹く、増す。

4. 請參考練習5，或字典查詢及網路用關鍵字查詢「日文他動詞自動詞」即可挖掘大量的相對應的自動詞與他動詞的動詞組。

5. (a)を／留下財產；が／財產留下。

(b)を／放風箏；が／風箏升起。

(c)が／鳥飛；を／放鳥飛。

(d)を／滾水；が／水滾了。

(e)が／人數增加；を／增加人數。

(f)が／竹子斷了；を／折斷竹子。

(g)が／房子倒下；を／弄倒房子。

(h)が／水增加；を／增加水量。

6. (a)食べきる-食べる＋切る／吃完。

(b)話し合う-話す＋合う／對話、對談。

(c)乗り込む-乗る＋込む／乘入、乘上。

(d)打ち上げる-打つ＋上げる／打上去。

(e)追い越す-追う＋越す／追過。

(f)貸し出す-貸し＋出す／借出。

(g)立ち上がる-立つ＋上がる／站起來。

(h)書き直す-書く＋直す／重寫。

(i)取り返す-取る＋返す／取回。

(j)見慣れる-見る＋慣れる／見慣了。

(k)引き受ける-引く＋受ける／接受。

(l)払い戻す-払う＋戻す／付回。

(m)呼びかける-呼ぶ＋掛ける／招喚。

(n)振り返る-振る＋返る／回顧、回頭。

7. 以下爲參考答案：

跳起來（飛び上がる）、躲進去（隱しこむ）、投出去（投げ出す）、開始吃（食べ始め）、跑出去（走り出す）、繼續寫（書き続く）、拿出來（取り出す）、寫完（書き終わる）

第二節　動詞活用的基本概念

1. 第二變化。

2. 日文字典中能查到的動詞是辭書形，屬於第三變化。

第三節　五段動詞的活用

1. 屬於五段動詞的動詞如下：

合う、終わる、有る、遊ぶ、洗う、付く、待つ、遣る、休む、曲がる、移る、探す、剃る、倒す、叩く、畳む、貰う、泊まる、なくす、釣る、偏る、構う、暖まる、叫ぶ、登る、載る、測る、横切る、讓る。

請特別注意橫切る是五段動詞而非下一段動詞，因爲る是例外動詞，外型爲一段動詞實際卻是五段動詞（第五章第一節），它的複合詞也會是五段

動詞，其中複合後發生濁音便。

2. 五段動詞的變化與語尾有關，以下語尾相同的動詞僅列出一個做代表，語幹的部分都不變，變化態的部分也僅列出語尾，爲了讓變化的練習比較有概念性，接續詞也表現於下表中，連體形的接續詞以「のに」做代表。

動詞	意向	否定	使役	被動	ます形	て	終止	連體	假定	命令
合(あ)う	おう	わない	わせる	われる	います	って	う	うのに	えば	え
終(お)わる	ろう	らない	らせる	られる	ります	って	る	るのに	れば	れ
遊(あそ)ぶ	ぼう	ばない	ばせる	ばれる	びます	んで	ぶ	ぶのに	べば	べ
付(つ)く	こう	かない	かせる	かれる	きます	いて	く	くのに	けば	け
待(ま)つ	とう	たない	たせる	たれる	ちます	って	つ	つのに	てば	て
休(やす)む	もう	まない	ませる	まれる	みます	んで	む	むのに	めば	め
探(さが)す	そう	さない	させる	される	します	して	す	すのに	せば	せ

第四節　一段動詞的活用

1. 屬於一段動詞的動詞如下：疲れる、掛ける、変える、隠れる、捨てる、倒れる、尋ねる、考える、伸びる、割れる、怠ける、出掛ける、泊める、投げる、足りる、傾ける、合わせる、暖める、栄える、避ける、生える、生きる、溶ける、論じる。

2. 一段動詞的變化比較單純，直接去除語尾的る以去接各種接續詞，語幹的部分都不變，此處以下標表示動詞未變化部分，為了讓變化的練習比較有概念性，接續詞也表現於下表中，連體形的接續詞以「ようだ」做代表。

意向	よう
否定	ない
使役	させる
被動	られる
ます	ます
て形	て
終止	る
連體	るようだ。
假定	れば
命令	ろ（男）／よ（女）

動詞	疲れる、掛ける、変える、隠れる、捨てる、倒れる、尋ねる、考える、伸びる、割れる、怠ける、出掛ける、泊める、投げる、足りる、傾ける、合わせる、暖める、栄える、避ける、生える、生きる、溶ける、論じる

第五節　不規則動詞的活用

1. カ變（来る）、及サ變（する）。

2. 所有日文動詞中在六變化七形態的活用中，語幹都不會變化，但只有カ變（来る）的語幹讀音會變。

第六節　可能動詞

1. (a)学べる (b)待とる (c)貸せる (d)唱えられる (e)見学できる。

2. (a)私は日本語が話せます。／我會說日文。

　(b)この会議室は何時まで使うことができますか？／這間會議室可以使用到幾點？

(c)平仮名は読めますが、漢字は読めません。／會讀平假名但不會讀漢字。

3. (a)貴方が行けば、私も行きます。

行けば：行く的假設形／行きます：行く的ます形。

(b)図書館へ行って、数学を勉強しました。

行って：行く的て形／勉強しました：勉強する的ます形過去式。

(c)出掛けようと思って、雨が降り始まった。

出掛けよう：出掛ける的意向形／思って：思う的て形／降り始まった：降り始まる（降る+始まる）複合動詞的た形。

(d)母が美味しい料理を作ったが、ダイエット中なので、食べられない。

作った：作る的た形／食べられない：食べる的可能動詞（食べられる）的否定形。

(e)お酒を飲んだから、車が運転できない。

飲んだ：飲む的た形／運転できない：運転する的可能動詞（運転できる）的否定形。

第七節　授受動詞與其衍生之補助動詞

1. (a)くれました

(b)らいました

(c)もらいました

(d)あげました

2. (a)田中さんが私の自転車を修理してくれました。／田中幫我修理腳踏車。

(b)小林さんが木村さんに英語を教えてもらいました。／小林得到木村的英文教導。

(c)柿本さんは田村さんに今度の会議に出席してもらう。／柿本請田村出席這次的會議。

(d)先生がこの中国語の本を日本語に翻訳しました。／老師將這本中文

書翻成了日文。

(e)先生が私にこの中国語の本を日本語に翻訳してくれました。/ 老師為我把這本中文書翻成了日文。

3. (a)くれ

(b)もらい

(c)をに

(d)あげ

(e)に

第六章　其他用語的活用
第一節　形容詞的活用

1. 形容詞的或用變化比動詞簡單許多，都是以語尾的「い」做變化，請讀者參閱本章的形容詞活用表進行練習，讀者需多練習才能熟記。

2. (a)明天也會很冷吧。

(b)昨天的考試好難。

(c)老師把字大大地寫在黑板上。

(d)今天沒下雨，是好天氣。

(e)可以的話，我也去。

(f)媽媽做的料理不好吃

(g)價錢再貴也要買。

第二節　形容動詞的活用

1. 以下為常見之形容動詞，供讀者參考：

簡単、綺麗、健康、親切、上手、正直、適当、好き、大変、大切、重大、必要、見事、便利、素直、静か、確か、賑やか、明らか、速やか、柔らか、豊か。

2. 名詞是用「の」連接後面的名詞，形容動詞用「な」連接後面的名詞，而「い形容詞」是以語尾的「い」之接連接名詞。

第三節　助動詞的活用

1. 五段動詞（行く）的否定係以第一變化的未然形接「否定助動詞（ない）」而成，因此不去為（行かない）。「否定助動詞（ない）」為形容詞形的助動詞，其活用變化可參照形容詞的或用變化，因此，不去的六形態（意向、否定、て形、た形、終止、連體、假定）變化與說明如下：

型態	日文	中文	附註說明
意向形	行かなかろう	不去吧	推測，意志。
否定形	~~行かな~~くない	~~不不去~~	無此說法。
て形	行かなくて	不去，／沒去，	中止或原因說明等。
た形	行かなかった	不去了或沒去	過去、完了。
終止形	行かない	不去。	句子結束。
連體形	行かない（原因）	不　去的…（原因）	後接名詞／ようだ／の　で等。
假定形	行かなければ	不去的話，	假設情況。

須注意「否定助動詞（ない）」本身已為否定用法，所以沒有否定形，嚴謹的文法書中「否定助動詞（ない）」是沒有否定形的。

2. 五段動詞（行く）係以第二變化的連用形接「希望助動詞（たい）」而成，因此不去為（行きたい）。「希望助動詞（たい）」為形容詞形的助動詞，其活用變化可參照形容詞的或用變化，因此，想去的六形態（意向、否定、て形、た形、終止、連體、假定）變化與說明如下：

型態	日文	中文	附註說明
意向形	行きたかろう	想去吧	推測，意志。
否定形	行きたくない	想不去／不想去	否定。
て形	行きたくて	想去，	中止或原因說明等。
た形	行きたかった	想去了	過去、完了。
終止形	行きたい	想去。	句子結束。
連體形	行きたい（原因）	想　去的…（原因）	後接名詞／ようだ／の　で等。
假定形	行きたければ	想去的話，	假設情況。

須注意「希望助動詞（たい）」與「否定助動詞（ない）」不同，「希

望助動詞（たい）」六種型態都有。

第七章　常用句型

第一節　常用基本句型

1. 食_たべ。　　　　2. 食_たべ。

3. 食_たべ。　　　　4. 食_たべろ；食_たべよ。

5. 食_たべない。　　6. 食_たべる。

7. 食_たべれ；食_たべる。8. 食_たべ。

9. 食_たべ。

第二節　各種機能性句型

「する」和「なる」分別具有「有意識」和「無意識」的本質，而「する」「している」以及「なる」「なっている」的兩對句型，分別只差在「...ている」，而如本書所敘述的「...ている」其實本質上就是「正在進行的動作」或「動作後的持續狀態」，而「こと」是可以當作名詞化的形式名詞，有以上的理解後，我們來看看眞正句型解說。

1. V ことにする／決定...

表示個人下定決定、決心的意思。

例：今日_{きょう}はどこへも行_いかないで勉強_{べんきょう}することにした。／今天決定哪兒都不去，好好用功。

2. V ことにしている／習慣...

表示個人下定決定、決心後而成爲的習慣，不可用於一般社會的風俗習慣。

例：父_{ちち}は朝食前_{ちょうしょくまえ}に近_{ちか}くの公園_{こうえん}を散歩_{さんぽ}することにしている。／爸爸習慣吃早餐前到附近的公園散步。

3. Nという／V-る／V-ない ことになる／規定...

不同於個人下定決定、決心的「ことにする」，係用於對於將來的行爲，不再個人的意願下自然而然形成的結果。

例：今度大阪支社_{こんどおおさかししゃ}に行_いくことになりました。／這次要被調到大阪分公司上班。（非自願，公司決定）

比較：今度大阪支社_{こんどおおさかししゃ}に行_いくことにした。／這次我決定去大阪分公司上班。（自願，個人決定）

4. Nという / V-る / V-ない ことになっている

用以表示非個人意志的決定，通常表示法律、規則或慣例等。

例：休むときは学校に連絡しなければ行けないことになっている。

　　／請假時規定一定要通知學校。

以上對表示決定、決心的句型加以說明，讀者在讀句型的同時，一定要去了解並思考其內容及含意，不能只死記其句型語法，這樣才可以對使用句型的場合與情況確切掌握。

第三節　複合格助詞之常用句型

1. ついて。　　　2. おいて。
3. 際して。　　　4. わたって。
5. あったって。　6. 限って。
7. 対して。　　　8. にとって。

第四節　形式名詞之句型

1. まま。　　　2. ものの。
3. うち。　　　4. うえ。
5. くせ。　　　6. はず。
7. わけ。　　　8. とおり。

9. ほう。

第五節　其他專利日文常用句型

1. だからといって / 雖說如此

理解：是說明原因的用法，通常解釋原因時是有原由的，「因爲...」之後的結果會是很合理的，加上「という」的形，表示說了那樣的理由。

解釋：用以表示同意所說的理由，但對於其後的結果並不表示認同。

例：二十歳になったら、お酒を飲んでもいいとなっている。だからといって、お酒を飲まなければならないというわけではない。

　　／規定20歲以後就可以喝酒，雖說如此，也不代表就非要喝酒不可。

2. N / Na / A / V にすぎない / 只不過是...而已

理解：「過ぎる」是通過、經過、超過等意思，課本中也有N /

Na / A- / R- すぎる的句型表示「太過...」，「に」表示某一種狀態，所以直接理解「にすぎない」是不超過某一種狀態。

解釋：用以表示「不過只是...」「只不過是...而已」，具伴隨有不太重要的負面評價感覺。

例：その件は責任者に聞いてください。私は事務員にすぎなません。／ 那件事要請您問負責的人，我只不過是辦事員而已。

第八章　日文長句解析

第一節　文章的組成

1.（單語）数学 の うち に、幾何 と いう もの が ある。

（文節）数学の うちに、幾何という ものが ある。

2.（單語）[自動車] [メーカー] [で] [世界] [販売] [が] [1000] [万] [台] [を] [超える] [の] [は] [トヨタ] [が] [初めて] [と] [なる]。

（文節）[自動車メーカーで] [世界販売が] [1000万台を] [超えるのは] [トヨタが] [初めてと] [なる]。

3.（單語）[ＮＨＫ] [の] [住吉美紀] [アナウンサー] [が]、[俳優] [の] [谷部央年] [と] [親密] [に] [交際] [して] [いる] [こと] [が] [分かった]。

（文節）[ＮＨＫの] [住吉美紀アナウンサーが]、[俳優の] [谷部央年と] [親密に] [交際していることが] [分かった]。

第二節　子句名詞組

1. (a)[海外でパーキンソン病患者に使われている]皮下注射薬アポモルフィン

(b)[皮下注射薬アポモルフィンがアルツハイマー病の症状を改善させる]可能性

(c)[可能性のある]こと

(d)[アルツハイマー病の]症状

2. (a)[2015年の]グループ世界販売計画

(b)[グループ世界販売計画（ダイハツ工業と日野自動車含む）を1000万台超に設定する]方向

(c)[最終調整に入った]こと

第三節　子句副詞組

1. (a)遺伝子操作でアルツハイマー病の状態にしたマウスを使い→「使う」的ます中止形

(b)アポモルフィンを1カ月に計5回投与したグループと、投与していないグループ8匹ずつについて→…について

(c)直径1メートルのプールで泳がせ→「泳ぐ」使役動詞的ます中止形

(d)投与したグループでは投与前と比べ→「比べる」的ます中止形

(e)ゴールにたどり着く時間が半分になり→「なる」的ます中止形

2. (a)初代iPadからは確実に軽くなっているものの→…ものの

(b)見た目がかなり薄くなったことも

あり→「ある」的ます中止形

(c)軽ければいいというものでもないので→…ので

(d)片手で持って立ったまま→…まま

第四節　長句的形成及解析

1. 首先利用第二章所學日文輸入與日文查詢方法將文章的漢字注音標出，

NASA火星探査機3340日 …長寿記録更新

2001年4月に打ち上げられた米航空宇宙局（NASA）の火星探査機「マーズ・オデッセイ」が15日、火星の周回軌道上で3340日目の観測に入り、「マーズ・グローバル・サーベイヤー」（1997～2006年）が持っていた火星の長期観測記録を更新した。NASAのジェット推進研究所（JPL）が同日、発表した。

2年間の観測予定を7年以上も上回る長寿。日本の金星探査機「あかつき」が周回軌道投入さえできなかっ

たのと対照的だ。

マーズ・オデッセイは、有名なＳＦ映画「2001年宇宙の旅（2001スペース・オデッセイ）」にちなんで名付けられた。火星上空から地表の元素の分布割合などを調査した。搭載機器類は正常で、12年の新たな火星探査計画でも活用される見通しだ。

標題為：ＮＡＳＡ火星探査機3340日…長寿記録更新

一般日文的新聞標題與英文新聞一樣沒有動詞，以內文的關鍵字組成名詞子句說明新聞大概內容，詳細必須看內文才知道，在此文中意為NASA（美國太空總署）的火星探測機已經待在火星的環繞軌道達到3340天，更新了最長紀錄，以下一句一句解析本文。

2001年4月に打ち上げられた米航空宇宙局（NASA）の火星探査機「マーズ・オデッセイ」が15日、火星の周回軌道上で3340日目の観測に入り、「マーズ・グローバル・サーベイヤー」（1997～2006年）が持っていた火星の長期観測記録を更新した。

這是一個長句，在日文科技資訊中經常使用的一種方式，請參閱第八章日語長句解析的技巧，"2001年4月に打ち上げられた"為一名詞子句修飾後面的"米航空宇宙局（NASA）の火星探査機「マーズ・オデッセイ」"，"入り"是「入る」的ます形，作為句子的中止，"「マーズ・グローバル・サーベイヤー」（1997～2006年）が持っていた"為一名詞子句修飾後面的"火星の長期観測記録"，所以整句的意思為"2001年4月發射的美國太空總署火星探查機「火星奧德賽號」於15日已進入在火星周圍環繞軌道上第3340天的觀測，更新了「火星全球探勘者號」保持的火星長期觀測紀錄。

註1：マーズ・オデッセイ：Mars Odyssey火星奧德賽號（探測機名字）

註2：マーズ・グローバル・サーベイヤー：Mars Global Surveyor火星全球探勘者號（探測機名字）

NASAのジェット推進研究所（JPL）が同日、発表した。

美國太空總署的火箭推進研究所（JPL）於同一天發表上述情形。

2年間の観測予定を7年以上も上回る長　。

註：句尾省略助動詞だ，通常科技文章或新聞等會將句尾最後漢字後的だ或する省略，“7年以上も”的も爲述詞+も的助詞的用法（參閱第四章助詞的表 5.助詞基本用法及語意），用以強調數量之多，所以整句意思爲“超過預定的2年的觀測並長達7年以上的壽命。”

日本の金星探査機「あかつき」が周回軌道投入さえできなかったのと対照的だ。

註：さえ是「連…都」的意思，請參閱第四章助詞的表 5.助詞基本用法及語意，“できなかったの”的“の”是形式名詞將前面的句子名詞化，因此本句話的意思爲”與日本金星探測機「あかつき」連環繞軌道都無法投入一事做爲對比”。

註：「あかつき」是日本的地24號科學衛星，計畫名稱爲「PLANET-C」或稱「VCO（Venus Climate Orbiter、金星氣候衛星）」，詳細可於日本維基網頁查得。

マーズ・オデッセイは、有名なSF映画「2001年宇宙の旅（2001ア・スペース・オデッセイ）」にちなんで名付けられた。

「にちなんで」請參閱第七章常用句

型說明，火星奧德賽號係由於有名的科幻電影「2001年宇宙之旅（2001 Space Odyssey）」而命名的。

註：SF爲科幻Science Fiction的縮寫。

火星上空から地表の元素の分布割合などを調査した。

從火星上空調查地表的元素分布比例等。

搭載機器類は正常で、12年の新たな火星探査計畫でも活用される見通しだ。

"で"爲名詞的中止形，"新た"爲な形容詞，"活用される"爲"活用する"的使役動詞，本句意爲"搭載機器類都還正常，預期也能使其實用於12年新的火星探測計畫"。

以下練習請各位自行練習，在此僅提供漢字標音及參考的翻譯內容。

2. 情報を記憶する働きを持ったメモリICにも、様々な種類があります。通常、電源が入っている時だけ記憶し、電源が切れると記憶內容が失われる發揮性メモリと、電源を切っても記憶し續ける不揮發性メモリに大別されます。

發揮性メモリはRAMと呼ばれ、いつでも新しい情報の書込み、書換え、讀出しが可能です。RAMの中でもDRAMは電源が入っていても時間とともに記憶情報が自然に失われるので、一定の時間間隔で記憶內容の保持（リフレッシュ）が必要です。このためDRAMは「記憶保持動作が必要な隨時書込み讀出しメモリ」と呼ばれます。

具有記憶資訊功能的記憶體IC也有各式各樣的種類，通常可大致分類爲揮發性記憶體，其只有電源存在時記憶，切斷電源記憶內容就消失；和非揮發性記憶體，其在切斷電源的情況下仍可持續記憶。

揮發性記憶體稱爲RAM，任何時間都可以寫入、改寫、讀取新的資訊，

RAM中的DRAM即使在電源存在的情況下，隨著時間記憶的資訊會自然地消失，必須要於一定的時間間隔去保持記憶的內容（重新寫入；刷新；再恢復）。因此，DRAM也被稱爲「保持記憶動作必須的隨時寫入讀出記憶體」。

3. 官能基をもつ高分子は、その官能基の特性により、様々な機能を示すことがある。たとえば、ヒドロキシル基などを有する高分子は、親水性が増したり、分子間の水素結合を形成したり、さらには活性水素として他の試薬と反応したりすることができる。このような官能基が導入できれば、高分子としての特性、たとえば、水溶性や接着性、結晶性などを変えることができ、また、この結果として高分子膜や高分子触媒などとしての利用が可能になってくる。そのような意味でも、官能基を積極的に高分子に導入することは非常に

重要であることがわかる。

具有官能基的聚合物是可以藉由該官能基的特性，表現出各種機能。例如：

具有氫氧基等官能基的聚合物，可以增加其親水性、形成分子間的氫鍵鍵結，更可以做爲活性氫（反應性氫）與其他的藥品反應。若能導入如此的官能基，可以改變聚合物的特性，如水溶性或接著性、結晶性等，此外，該結果亦可作爲聚合物薄膜或聚合物觸媒等使用。在這樣的意義下，可以理解積極地導入官能基於聚合物中是非常重要的。

4. 両手が突然使えなくなったら、あなたはどうしますか？

こんなことを考える人はいないと思います。

僕だってそうでした。想像できますか？手が使えない生活を。

朝、起きてから、夜、眠りにつくまでの、一日の生活を振り返ってみて

ください。どんなことに手を使いますか？

眠い目をこすり、鳴り響く目覚まし時計を止める。着替える。トイレに行く。

ごはんを食べるのに箸を使ったり、お椀を持ったり。トーストの人は、パンを手に持って、バターやジャムをナイフで塗り、口に運ぶでしょう。顔を洗って、歯を磨いて、髪の毛をセットして、一人暮らしなら電化製品のスイッチを切って、玄関で靴紐を結んで、さあ出発！その手には何を持っていますか？学生や会社員ならカバン。雨が降りそううなら傘も持ちますね。

兩隻手突然不能使用，你會怎樣？

我想沒有人想過這樣的事。

我也曾是如此。你能想像嗎？完全不能用手的生活。

請回想看看從早上起來到晚上睡覺的一整天的生活，什麼時候會用到手呢？

揉揉惺忪的睡眼、停止嗡嗡作響的鬧鐘、換衣服、上廁所、吃飯要用筷子啦拿碗啦，吃吐司的人要拿麵包、用刀子抹奶油或果醬，然後放到嘴裡吧!洗臉、刷牙、整理毛髮，自己生活的話，還要關掉電器用品的電源，然後在門口綁鞋帶，然後出發!手上拿了哪些東西？學生或公司職員的話拿包包，若好像要下雨的話還要拿傘哩。

五体満足の人なら、「料理人になる。スポーツ選手になる。歌手になる。プログラマーになる」と、将来の選択肢はあれこれ尽きないのだろう。夢を見ることは無限大だ。だから、どこにも障害がないのに、「やりたいことがわからない」と言っている十代の子を見ると、どうして？と不思議に思ってしまう。

やろうと思えば、君にはなんにでも挑戦できるんだよ、もったいない考

えはするな！と、つい言いたくなってしまう。

だって、「両手が使えない」僕には、将来の夢や憧れのほとんどが、ぱっと浮かんでは「手がないから無理！」と消えていってしまう。どんな夢も崩れてしまう。いつもそうだった。

五體健全的人也許對將來有著想要「當廚師、當運動選手、當歌手、當程式設計師」等許許多多無止盡的選擇性，夢想是無限的。因此，當我看到身體沒有任何障礙卻說出「不知道想做什麼」的十來歲的小孩，就會很不可思議的想"為什麼？"。

我會不經意的說：「想做的話，你什麼都可以挑戰喔，不要想太多無關緊要的事」。

因為對「無法使用雙手的」我來說，將來的夢想和憧憬幾乎會在「沒有手就沒辦法」的想法下，瞬間風輕雲淡的消失。不管什麼夢想都會崩解，一直都是這樣。

【註】日文所指的「五体」是指身體的五個部分，有的解釋為頭、脖子、胸、手、足等五部分，也有指頭、雙手、雙腳等五部分，在漢方中指的則是筋、血脈、肌肉、骨、皮；不管是哪一種說法，都代表身體全體的意思。

5. 今年日本でも発売されたiPad（Apple社）のように液晶を搭載した電子書籍に比べ、電子ペーパーを用いた電子書籍は軽量でかつ省電力のためバッテリーの残量をほとんど気にする必要がない（例：Kindleでは一回の充電で最大2週間の駆動）。また、バックライトを用いない目に優しい反射型のディスプレーであるため長時間の読書に向いている。一方で、現在の（マイクロカプセル型の）電子ペーパーがカラー化に対応しにくい点を欠点として挙げ

て、電子ペーパーの将来を危惧する声もある。そのため現在、電子ペーパーのカラー化が重要な開発テーマになっている。

與在今年日本也開賣的iPad（蘋果公司）般搭載液晶的電子書籍相比，因為使用電子紙的電子書籍重量輕且節省電力，因此不必太在意電池的剩餘量（例如Kindle充電一次最久可以驅動2星期）。而且，因為是對眼睛較好的反射型顯示器不需要使用背光，更適合長時間的讀書。另一方面，現在的（微胞型）電子紙具有難以對應彩色化的缺點，而出現了電子紙的未來是險峻的聲音。因此，電子紙的彩色化成為了重要的開發課題。

第九章　「普通體」、「鄭重體」、「尊敬語」和「自謙語」

第一節　普通體與鄭重體

1. (a)4月10日に投開票される東京都知事選で、進退を明言していない石原慎太郎知事（78）が4日、若手芸術家による作品展のあいさつで、「私は来年もうやめるから」などと発言しました。（読売新聞）

(b)厚生労働省は4日、両ワクチンの接種を一時見合わせるよう自治体などに伝えました。（時事通信）

(c)国営テレビは、カダフィ大佐側がザウィヤを奪還したと報じしましたが、反政府勢力が局所的な抵抗を見せているもようです。（時事通信）

(d)台湾は、アジア大陸の東南沿海、太平洋の西岸に位置する島嶼です。

2. (a)むかしむかし、隠岐（島根県）の島という小さな島に、一匹の白ウサギが住んでいた。

(b)その時、赤い目をした白いウサギが、森の中から飛び出してきた。

(c)道の両側には立派な家々が建ち並

んでいるが、どこにも人の気配が

ないのだ。

(d)女の人は、男の人が本当に頼れる

れる人かどうか、よく考えてから

お付き合いをしよう。

第二節　尊敬語與自謙語

2.(a)社長は會議に出席されません。

　（尊敬語）

(b)先生が新聞を読んでおられます。

／先生が新聞を読んでいらっしゃ

います。（尊敬語）

(c)私は來月北京へ参る予定でござい

ます。（自謙語）

理工熱賣推薦

化工系列精選書目

大家來認識化工（第二版）

作　　者	呂維明 編著
校　　對	許曉萍
ＩＳＢＮ	978-957-11-5949-2
書　　號	5BD4
出版日期	2010/05/09
頁　　數	372
定　　價	450

本書特色

以平易近人的筆觸描述化學工業在人類文明的洪流中擔任了何種角色，並把化學與化工的不同加以釐清，及淺談化工程序及化工裝置，讓讀者更能深刻感受到化學工程，並引起興趣，若深入此學問將會面對的生涯規劃，以及探討未來化工的趨勢。

本書簡介

化學工程的主要目標是把科學家在研究室獲得的成果從實驗室規模放大到生產規模，使這些成果能有效率地量產，來讓全人類能共享。如果沒有化學工程師運用化學工程手法，成功地開發大量培養細菌的醱酵槽及純化程序來生產盤尼西林，到現在盤尼西林仍是只有貴族鉅富才用得起的高貴藥品，更不要夢想可享受物豐價廉的舒適生活環境！

21世紀的新化學工程
The New Chemical Engineering of 21st Century

作　　者	周更生主編 陳宏讚、周更生、賴慶智 等著
ＩＳＢＮ	978-957-11-4242-5
書　　號	5BA2
出版日期	2010/10/27
頁　　數	376
定　　價	620元

本書簡介

本書定位於介紹化學工程尤其是未來的發展重點，以比較多的篇幅在介紹新興的科技產業，以及化工人所扮演的角色，例如能源、生技、光電及先進的高分子材料。本書先介紹傳統但持續進步的石化產業，接著表達化工人注重環保與安全的作法，談到清潔生產與責任照顧，接下來介紹化學工程在眾多方向的近期技術與未來發展趨勢。

化工程序設計
Chemical Process Design

作　　者　徐武軍、張有義　著
I S B N　978-957-11-4807-6
書　　號　5BB7
出版日期　2010/10/05
頁　　數　532
定　　價　620元

本書簡介

　　化學工程學系是以教學研究生產化學品程序為中心的學系，而程序設計(process design)則是化學工程學系中將質能平衡、單元操作、動力學、熱力學等基本課程綜合凝聚在一起的課程。

　　本書是第一本由國人自行編著的中文化工程序設計的教材。內容以平實的敘述筆法鋪陳了化工程序設計的過程和步驟、工業界的實務經驗，和以美國化工學會 (AIChE)年度競賽題目為基礎的設計範例。適合作為化工系程序設計課程的教材，以及作為化工從業人員的基本參考資料，對台灣的化工教育界及產業界提供有意義的參考。

化工文獻搜尋與整理
SURVEY OF CHEMICAL ENGINEERING LITERATURES

作　　者　呂維明、童國倫　編著
I S B N　957-11-3881-9
書　　號　5B51
出版日期　2005/04/08
頁　　數　340
定　　價　420元

本書簡介

　　本書編寫宗旨主要是想讓學生了解如何蒐集及篩選學習和研究上所需資料的方法。全書共分十章：第一至四章簡介文獻資料的種類及取得途徑；第五至七章介紹化工相關資料庫，如化學摘要（CA）、工程索引（EI）、科技文獻引用索引（SCI）、文獻引用報告（JCR）及專利資料庫… 等等；第八章說明資料庫之線上檢索方法並簡介單一檢索介面；第九章介紹如何有效整理個人文獻資料，除介紹網路資料庫軟體EndNote、 Refworks、Scopus外，並提供讀者一管理策略及作者撰寫之Access文獻管理資料庫供讀者使用；第十章簡介網際網路（WWW）上化工相關之資料搜尋管道。

　　本書隨書附光碟，提供兩套文獻搜尋與整理相關軟體：「化工文獻資料網」及「文獻管理資料庫」，供讀者有效建立網際網路搜尋及管理個人文獻資料用。本書內容以化學工程系的學生為對象編寫，但對化學、材料或環工之學生亦極具參考與學習的價值。

理工人必備
嚴選寫作工具書

研究資料如何找？
Google It！

作　　者	童國倫　潘奕萍 著
I S B N	978-957-11-5799-3
書　　號	5A76
出版日期	2009/12/01
頁　　數	288
定　　價	650

本書特色

◎著重Google能為學術研究者帶來哪些變化和幫助。

◎適合社會人文與自然科學各學科領域的大學生、研究生或研究人員閱讀參考。

本書簡介

　　撰寫Google的工具書不少，但是絕大部分都是Google的各項零星功能，本書則著重於Google能為學術研究者帶來哪些變化和幫助。附錄是期刊排名資料庫JCR以及ESI，由於許多人對於搜尋到的大量資料不知該透過何種工具進行篩選，在填寫各項研究成果表格時也常常不知如何進行，因此特別將這兩個資料庫的操作方式和意義加以說明，希望讀者能夠得到滿意的答案。

科技英語論文寫作
Practical Guide to Scientific
English Writing

作　　者	俞炳丰
校　　訂	陸瑞強
I S B N	978-957-11-4771-0
書　　號	5A62
出版日期	2009/07/06
頁　　數	372
定　　價	520

本書特色

　　從實用角度出發，以論述與實例相結合的方式介紹科技英語論文各章節的寫作要點、基本結構、常用句型、時態及語態的用法、標點符號的使用規則，常用詞及片語的正確用法以及指出撰寫論文時常出現的錯誤。

本書簡介

　　本書的英文例句和段落，摘自於許多學者的專著和五十餘種不同專業領域國際學術期物上的論文。附錄中列有投稿信函、致謝、學術演講和圖表設計及應用的注意事項等。適用於博士生、研究生、高中教師和研究院所的科學研究人員，還可用於對國際學術會議參與人員的培育。

國家圖書館出版品預行編目資料

快速讀懂日文資訊基礎篇：科技、專利、新聞
與時尚資訊／汪昆立著. — 初版. — 臺北
市：五南，2011.05
　　　面；　公分
　　ISBN 978-957-11-6262-1（平裝）
　1.日語 2.讀本
803.18　　　　　　　　　100005377

5A79

快速讀懂日文資訊（基礎篇）
——科技、專利、新聞與時尚資訊

編　　著 — 汪昆立

發 行 人 — 楊榮川

總 編 輯 — 龐君豪

主　　編 — 王正華

責任編輯 — 楊景涵

封面設計 — 陳品方

出 版 者 — 五南圖書出版股份有限公司

地　　址：106台北市大安區和平東路二段339號4樓

電　　話：(02)2705-5066　　傳　　真：(02)2706-6100

網　　址：http://www.wunan.com.tw

電子郵件：wunan@wunan.com.tw

劃撥帳號：01068953

戶　　名：五南圖書出版股份有限公司

台中市駐區辦公室/台中市中區中山路6號

電　　話：(04)2223-0891　　傳　　真：(04)2223-3549

高雄市駐區辦公室/高雄市新興區中山一路290號

電　　話：(07)2358-702　　傳　　真：(07)2350-236

法律顧問　元貞聯合法律事務所　張澤平律師

出版日期　2011年5月初版一刷

定　　價　新臺幣420元